www.ingramcontent.com/pod-product-compliance
Lightning Source LLC
LaVergne TN
LVHW051103051026
849532LV00004BB/1414
9788196054144

مصیبتیں

(مزاحیہ طنزیہ مضامین)

مصنف:

بھارت چند کھنہ

Musibatein *(Humorous Essays)*
by: Bharat Chand Khanna
Edition: February '2023
Publisher & Printer:
Taemeer Publications. Hvderabad.

ISBN 978-81-960541-4-4

9 788196 054144

کتاب	:	**مصیبتیں**
مصنف	:	**بھارت چند کھنہ**
صنف	:	طنز و مزاح
ناشر	:	تعمیر پبلی کیشنز (حیدرآباد، انڈیا)
زیر اہتمام	:	تعمیر ویب ڈیولپمنٹ، حیدرآباد
سالِ اشاعت	:	۲۰۲۳ء
تعداد	:	(پرنٹ آن ڈیمانڈ)
طابع	:	تعمیر پبلی کیشنز، حیدرآباد – ۲۴
صفحات	:	۱۳۰
سرورق ڈیزائن	:	تعمیر ویب ڈیزائن

فہرست

تعارف

ابھی کچھ زیادہ مدت نہیں گزری کہ ہم نے مسٹر بھارت چند کھنہ کے افسانوں کا پہلا مجموعہ "مسکراتے آنسو" نہایت خوش آئند توقعات کے ساتھ شائع کیا تھا جسے قارئین نے شوق کے ہاتھوں سے قبول کیا اور قدر کی نگاہوں سے دیکھا۔ اور اب ہم صاحبان ذوق کے اسی منظور نظر افسانہ نگار کا دوسرا مجموعہ پہلے سے زیادہ حوصلہ مندیوں کے ساتھ ہدیہ قارئین کر رہے ہیں۔

ایک مغربی مصنف کا قول ہے کہ "مصیبتیں مصیبتیں نہیں بلکہ ایک امتحان ہیں" اور ظاہر ہے کہ امتحان رونی صورت اور بسورتے منہ کے ساتھ کامیاب نہیں کیا جاتا۔ بلکہ اس راہ کی تمام مشکلات کو ہنستے کھیلتے برداشت کرنے کی ضرورت ہوتی ہے۔ بھارت چند بھی کارزار حیات کی مصیبتوں کو اسی خندہ پیشانی کے ساتھ برداشت کرنا چاہتے ہیں۔ وہ حوادث روزگار کی اذیتوں کو محسوس کرتے ہیں اور مسکراتے ہیں زمانہ کی گردشوں کو دیکھتے ہیں اور ہنستے ہیں۔ اور صرف خود ہی نہیں ہنستے بلکہ دوسروں کو بھی ہنسانے کی کوشش کرتے ہیں۔

بھارت چند کھنہ موجودہ دور کے ماحول کے زبردست ماہر ہیں۔ وہ سماج کی بے اعتدالیوں اور سوسائٹی کی غلط کاریوں کو بڑی گہری نگاہ سے دیکھتے ہیں۔

ان کے دل پر چوٹ لگتی ہے۔ تفکر مجروح ہو جاتا ہے۔ دماغ کانپ اٹھتا ہے۔ سینہ سے نالہائے شرربار نکلنا چاہتے ہیں۔ ذہن آگ برسانا چاہتا ہے اور دماغ میں جوالہ مکھی دہک اٹھتا ہے۔ مگر پھر وصبر و شکیب کے دامن میں پناہ لیتے ہیں۔ انکی چیخیں قہقہوں میں، آنسو مسکراہٹ میں، نالہائے شرربار گلہائے خندہ میں، اور جوالامکھی سیل تبسم میں تبدیل ہو جاتا ہے ــــ ان کا ہر افسانہ طنز نگاری کا نقش بدیع ہے۔ وہ طنز کا نکیلا نشتر سماج کی دہکتی ہوئی آگ پر رکھ دیتے ہیں۔ اور تلخی حقائق کو شیرینی گفتار کے ساتھ نہایت دلکش و دلاویزی برتتے ہیں ہر افسانے میں متعدد انوکھی تشبیہات و استعارات، برجستہ فقرات اور کلمات ایسے ہیں جو بیک نظر ذہن میں محفوظ ہو جاتے ہیں۔

اس مجموعہ کے تمام تر افسانے روزمرہ زندگی کے ان حوادث کا آئینہ ہیں جن سے ہر شخص کو سابقہ پڑتا ہے۔ ظاہر بیں نظریں اچٹتی ہوئی گزر جاتی ہیں لیکن فطرت شناس اور حقیقت آگاہ نگاہیں زندگی کے اسی روزمرہ ڈرامے کے اجزائے پراگندہ کو ایک شیرازہ میں منسلک کر کے عبرت و بصیرت کی داستان گھڑ لیتی ہیں۔ ان افسانوں کو پڑھئے اور اپنے اطراف نظر دوڑائیے آپ کو کہانیوں کے کردار میں یا تو خود اپنی شخصیت متحرک نظر آئے گی یا آپ کے گرد و پیش چلنے پھرنے والی جیتی جاگتی صورتیں آپ کو دکھائی دینگی۔

علی شبر حاتمی

بیمہ کمپنی کا ایجنٹ
اور
میری زندگی

عام طور پر یہ خیال کیا جاتا ہے کہ جونک، مرض عشق یا دق، شراب کا چسکا، بیکاری کی مجبوری (صرف ہندوستان کی حد تک!) یا دیہاتوں میں بیگار پکڑنے کی خو (صرف حکومت کے نمائندوں کی حد تک) نفاق (صرف ہندوستانیوں کے دلوں میں) رشوت کھانے، دلالی کرنے یا پھر گھوڑ دوڑ میں جانے کی بیماری کسی کو لگ جائے تو پھر کبھی نہیں چھوڑتی اگرچہ مجھے مذکورہ بالا خیالات سے اتفاق ہے مگر دُنیا میں جس چیز کی گرفت ان سب سے زیادہ قوی ہے اور جو چیز انسانوں کا پیچھا کرنے میں یکتائے روزگار ہے وہ بیمہ کمپنی کا ایجنٹ یا نمائندہ ہے! یہ بھی عام طور پر انسان ہی سمجھا جاتا ہے۔ اور کہتے ہیں کہ اس کے بھی سینے میں دل اور دل میں حیا اور سر میں دماغ اور دماغ میں عقل ہوتی ہے مگر حیرت اس بات کی ہے کہ ایسا انسان جب کسی کے پیچھے پڑ جاتا ہے یعنی جسے اپنا شکار سمجھ لیتا ہے تو پھر نہ تو اس کی آہ وزاری، پریشانی، اور مجبوری اس کے دل پر کچھ اثر کرتی ہے اور نہ ہی گھُڑکیاں، گالیاں یا دھمکیاں۔ حد تو یہ ہے کہ

پولیس کی مدد حاصل کرنے کا اظہار بھی اس پر کسی قسم کا خوف پیدا نہیں کر سکتا!!

میں اپنے دوست واحباب، اعزاء واقارب میں عام طور پر بدقسمت سمجھا جاتا ہوں اور ایسے سمجھنے کی متعدد وجوہات ہیں۔ مگر میرا اپنا اندازہ یہ ہے کہ درحقیقت خالص بدقسمتی ایک منحوس شام کو بیمہ کمپنی کے نمائندہ کا روپ دھار کر میری معصوم زندگی میں داخل ہوگئی بالکل اسی تشدد اور عجلت سے جس کا اظہار تیسرے درجہ کے مسافر ریل گاڑی کے اسٹیشن پر ٹھہرتے ہی کرتے ہیں۔

اس واقعہ کی ابتدا یوں ہوئی۔ مذکورہ بالا منحوس شام کو میں گھر میں بیٹھا معمولی انسانوں کی طرح دل میں طرح طرح کے ہوائی قلعے تعمیر کر رہا تھا۔ اتنے میں ایک موٹر گھر کے باہر آکر رکی۔ نوکر کارڈ لایا جس پر خوبصورت حروف میں لکھا تھا۔

"ایس۔ آر۔ مہتہ۔ انسپکٹر مشرقی بیمہ کمپنی"

میں نے مہتا صاحب کو اندر بلایا۔ یہ صاحب موٹے سے انسان تھے جسم پر انگریزی لباس اور سر پر فوجی طرز کا ٹوپ۔ چہرے پر مسکراہٹ نمایاں تھی۔

یہ شاید قانونِ فطرت ہے کہ جب دو انسان ملیں تو ان کے چہروں پر مسکراہٹ پیدا ہو جائے۔ چنانچہ کچھ دیر تک ہم ایک دوسرے کی طرف دیکھتے ہوئے مسکراتے رہے۔ آخر میں نے سکوت اور مسکراہٹ توڑتے ہوئے کام پوچھا۔

اُنھوں نے جواباً فرمایا کہ کیا میں نے ان کا کارڈ نہیں دیکھا تھا؟
میں نے عرض کیا کہ دیکھا تھا اور وہ واقعی نہایت خوبصورت چھپا ہوا تھا۔ وہ کہنے لگے کہ وہ بیمہ کمپنی کے انسپکٹر تھے۔ میرے پاس اس غرض سے آئے تھے کہ یہ دریافت کریں کہ آیا میں نے اپنی زندگی کا بیمہ کرایا ہوا تھا یا نہیں؟

میں نے جواب نفی میں دیا۔
اُنھیں حیرت تھی کہ مجھ سا تعلیم یافتہ سمجھدار آدمی اب تک زندگی کا بیمہ کرائے بغیر زندگی بسر کر رہا تھا۔ بیمہ تہذیب جدید کے نشو و نما کا ایک اہم ادارہ تھا۔ اس کے متعدد فائدے تھے۔۔ عاقبت کو سُدھارنے کا انتظام، اہل و عیال کی پرورش، روپیہ جمع کرنے کی ترکیب، ہر قسم کے خطرے سے خالی، عصائے پیری، جوانی کی بے اعتدالیوں اور فضول خرچیوں سے بچانے والا محافظ۔ بیمہ کرانے سے انسان کا خود بخود بچت کرنے لگنا۔ پھر اُنھوں نے اپنی موٹی انگلی سے میری طرف اشارہ کرتے ہوئے تھیٹرانہ انداز میں کہا کہ اگر خدانخواستہ میں ایک ہفتہ کے اندر اندر رحلت کر جاؤں تو میرے عزیز و اقارب کا کیا ہوگا؟

میں نے ان کو سمجھایا کہ میرے رحلت کر جانے سے میرے اعزا و ایک بارِ گراں کے اُٹھ جانے سے اطمینان کا سانس لیں گے۔ مجھ میں اتنی استطاعت نہ تھی کہ بیمہ کروا سکتا، کیونکہ اقساط ادا

کرنے کے لئے روپیہ بچانے کی ضرورت تھی۔ روپیہ وہی شخص بچا سکتا تھا جس کے پاس کچھ ہوتا۔ یہاں تو ننگی نہائے گی کیا اور نچوڑے گی کیا کا مسئلہ درپیش تھا۔

مہتا صاحب ٹلنے والے تو تھے نہیں۔ انھوں نے اپنی مذکورہ بالا تقریر کو پھر انھی الفاظ میں دوہرانا شروع کیا۔ معلوم ہوتا تھا کہ اُنھوں نے چند فقرے رٹے ہوئے تھے جن کو بار بار وہ میرے مُنہ پر مار رہے تھے۔ میں طرح طرح سے اپنی مجبوریوں کا اظہار کر رہا تھا۔ اُن کو خدا کا خوف بھی کئی مرتبہ دلایا۔ عدالتی کارروائی کرنے کی دھمکیاں بھی دیں مگر وہ چکنے گھڑے ثابت ہوئے۔ تین گھنٹے تک مسلسل یہ چپقلش جاری رہی آخر مہتا صاحب اُٹھے اور پھر حاضر ہونے کا وعدہ کرتے ہوئے میرا کمرہ خالی کیا۔ ان کے جاتے ہی میں سربسجدہ ہو گیا۔ خدا کا شکر بجا لایا کہ رسیدہ بود بلائے و لے بخیر گزشت۔

پندرہ دن کے بعد مہتا صاحب پھر نمودار ہوئے۔ اب کے بہت تُو تُو مَیں مَیں ہوئی۔ میں نے اُنھیں شائستہ انداز میں بہت گالیاں سُنائیں، انھوں نے غیر شائستہ لہجے میں مجھے بدقسمت، بیوقوف، کم عقل، کوتاہ اندیش اور نامعلوم کیا کیا کہا۔ غرض دو گھنٹے تک یہ کارروائی ہوتی رہی۔ اور مہتا صاحب پھر آنے کا اظہار فرما کر بادل ناخواستہ جلد ہی چلے گئے۔

اس کے بعد وہ ہر ماہ وارد ہوتے رہے۔ وہی پُرانے

فقرے دوہراتے۔سال بھر تک اسی طرح ہوتا رہا۔میری حالت ایسی ہوگئی کہ خواب میں بھی مہتا صاحب سے بحث کرتا سُنا گیا۔بیٹھے بیٹھے کرسی میں چونک جاتا اور آنکھوں پر ہاتھ رکھتے ہوئے کہتا کہ "خدا کے لئے مہتا صاحب اس وقت تشریف لے جائیے میں بیمار ہوں۔مرجاؤں گا اور اگر میں مرگیا تو آپ میری زندگی کا بیمہ نہ کرسکیں گے۔" گھر والے ہراساں ہوگئے۔ والدین کو فکر ہوگئی کہ مجھ میں دیوانگی کے آثار نمودار ہو رہے تھے۔میرے رگ و ریشے میں مہتا صاحب اور ان کی تقریر سرایت کرگئی تھی۔آخر ایک مرتبہ جو وہ تشریف لائے تو میں نے ان سب سے درخواست کی کہ وہ فارم میرے پاس چھوڑ جائیں۔میں بھر کر ان کے مکان پر روانہ کردوں گا۔انھوں نے فوراً اپنی جیب میں سے چند فارم نکال کر میرے سامنے رکھ دیئے اور اپنا قلم نکال کر کہنے لگے۔"کیا میں پُر کردوں؟" میں نے ان سے درخواست کی کہ وہ چلے جائیں اور فارم پُر کرنے کا اعزاز مجھے ہی سوچ بچار کرنے کے بعد حاصل کرنے کا موقع دیں۔مہتا صاحب رخصت ہوگئے۔ایک دو دن کے غور و فکر کے بعد میں نے فارم کے سوالات کا جواب جس طرح دیا درج ذیل ہے۔

سوال:۔ تمھاری عمر کیا ہے؟

جواب:۔ تیئس برس۔مگر ایسا محسوس ہوتا ہے کہ جیسے میں نے اپنی عمر کے اسی برس گزار دیئے ہوں۔

سوال:۔تمھاری چھاتی کا ناپ کیا ہے؟

جواب :- چھاتی تو صرف بیس انچ ہے مگر پیٹ پینتالیس انچ سے ہرگز کم نہیں۔

سوال :- تمھاری چھاتی پھُلانے سے کتنی بڑھتی ہے ؟

جواب :- ایک چوتھائی انچ ضرور بڑھتی ہے مگر پیٹ کھانے کے بعد چھ انچ تک بڑھ جاتا ہے۔

سوال :- تمھارا قد کیا ہے۔

جواب :- تقریباً ۴ فٹ پونے سات انچ۔

سوال :- کیا تمھارے دادا جان زندہ ہیں ؟

جواب :- شاید ہوں۔ مجھے کوئی علم نہیں۔

سوال :- تمھارے دادا جان اگر زندہ نہیں تو کس بیماری سے مرے ؟

جواب :- کھاتے پیتے کے روگ سے اگر وہ زندہ نہیں ہیں۔

سوال :- کیا تمھیں کسی وقت کسی مرض کی شکایت رہی ؟

جواب :- بچپن میں درد گردہ، تلی، موتیا بند، ضعف دماغ پھنسیاں، چیچک، ہیضہ اور پلیگ باری باری فیضیاب کرتے رہے۔ لڑکپن مرض عشق سے شروع ہوا اور یہ روگ ابھی تک جاری ہے۔ مگر اس کے ساتھ ساتھ درد کمر، چکر، قبض، بواسیر، پیچش۔ موسم کے لحاظ سے پیشاب کی کمی و بیشی، دمہ، شکر کی بیماری، جوڑوں میں درد، جنون کے آثار

کوڑھ کی علامات، اور چند ایک ایسی بیماریوں سے بھی مزین ہوں جن کا بیان کرنا میں اس لئے مناسب نہیں سمجھتا کہ کہیں میری زندگی کا بیمہ کرنے سے کمپنی گریز نہ کرے۔

سوال:۔ تمھارے کوئی بھائی بہن ہیں؟

جواب:۔ چھبیس بہنیں تھیں مگر سب کی سب تقریباً مرکھپ چکی ہیں جو باقی ہیں وہ بستر مرگ پر پڑی ہوئی ہیں۔

سوال:۔ کیا تمھاری کوئی عادات ایسی بھی ہیں جن سے تمھاری عمر کم ہو جانے کا اندیشہ ہو؟

جواب:۔ کوئی خاص عادات تو نہیں ہیں۔ البتہ میں ڈاکٹروں سے گھبراتا ہوں کہ وہ مذکورہ بالا بیماریوں کا علاج اچھی طرح نہیں کر پاتے۔ اس کے علاوہ میں نشہ کرتا ہوں۔ صبح تمباکو نوشی سے شروع ہوتی ہے۔ ناشتہ کے وقت وِسکی پیتا ہوں۔ دوپہر کے کھانے کے ساتھ بیئر۔ چار بجے کے قریب بھنگ، شام کے وقت گانجہ کا دم لگاتا ہوں پان کے ساتھ ہمیشہ کوکین گھُلاتا ہوں اور سونے سے پہلے مورفیا کا انجکشن لے لیتا ہوں۔

سوال:۔ کیا تمھیں کبھی کوئی ایسی بیماری نے آدبوچا تھا جس سے تم مرتے مرتے بچے ہو؟

جواب:۔ ایک مرتبہ ایسا ہو چکا ہے۔ میں بیہوش ہو گیا تھا۔ کہتے ہیں کہ میری حرکتِ قلب بالکل بند ہو چکی تھی۔ اور میرے

عزیز واقارب خوش تھے کہ میں راہی ملک عدم ہوگیا۔ چنانچہ ماتم وغیرہ بڑی دھوم سے رچایا گیا۔ اور آخر جب مرگھٹ میں میرا مُردہ مے جاکر چیتا کو دیا سلائی لگائی گئی تو مجھے ہوش آ گیا۔ دیکھنے والوں کو حیرت ہوئی میرے گھر والوں کو افسوس۔ مگر میں زندہ ہوگیا اور اس روز سے آج تک پھر کبھی عارضی طور پر نہیں مرا۔

سوال :۔ کیا تم ورزش وغیرہ کے عادی ہو۔ کیا تم کسی کھیل کود وغیرہ میں دلچسپی لیتے ہو؟

جواب :۔ دوائیوں کی بوتلوں پر ہدایات ہوتی ہیں کہ ہلا کر پی جائے چنانچہ میں دن رات میں کم از کم تیس مرتبہ دوا پیتا ہوں اور پینے سے پہلے ہر مرتبہ بوتل کو خوب زور سے ہلاتا ہوں اس طرح میرے داہنے ہاتھ کی خوب ورزش ہو جاتی ہے۔ اسی طرح تھرمامیٹر لگانے سے پیشتر اس کا پارہ اتارتے وقت بائیں ہاتھ کا استعمال کرتا ہوں۔ گانجے کی چلم کا دم کھینچنے سے چھاتی اور پھیپھڑوں کو کثرت کرانے کا کام چل جاتا ہے۔ ٹانگیں میری کسی خاص ورزش کی رہین منت نہیں رہیں اسی لئے تو کمبخت سوکھی ہیں۔

میں تاش کے سب کھیلوں سے دلچسپی رکھتا ہوں اس کے علاوہ شطرنج، پچیسی، کیرم اور پنگ پانگ میں کافی مہارت رکھتا ہوں۔ کودنے کے متعلق یہ کہہ دینا کافی ہوگا کہ جب جنوں کا دورہ پڑتا ہے تو میرے گھر والے اور گھر کی نچلی منزل والوں کے خیال کے مطابق پندرہ پندرہ

بیس بیس منٹ تک چھ چھ فٹ اونچا کودا کرتا ہوں۔

میں نے فارم بھر کر بیمہ کمپنی کے صدر دفتر میں روانہ کر دیا۔ ساتھ ہی بیمے کی پہلی قسط بھی روانہ کر دی۔ میرا خیال تھا کہ فارم پہنچنے پر مہتا صاحب کی خوب گت بنے گی اور ضرور اُن کا تنزل ہو جائے گا اور مجھے اس آفت سے ہمیشہ کے لئے نجات مل جائے گی۔ مگر میری حیرت کا اندازہ آپ خود لگا سکتے ہیں جب ایک ہفتے بعد مجھے کمپنی سے مندرجہ ذیل خط موصول ہوا۔

جناب من! آپ کا فارم اور قسط کی رقم وصول ہوئی۔ شکریہ قبول فرمایئے۔ آپ کی خاندانی صحت اور خود آپ کی ذاتی تندرستی کچھ ایسی حوصلہ افزا نہیں ہے۔ دیگر بیمہ شدہ حضرات کی صحت اور آپ کے صحت نامہ کا مقابلہ کمپنی کے ماہروں نے بڑے غور و خوض سے کیا ہے اور اس نتیجے پر پہنچے ہیں کہ آپ کی پالیسی کو "اول درجہ کا خطرہ" باور کرتے ہوئے قبول کر لیا جائے۔

اس زمرہ کے پالیسی برداروں میں آپ کا نمبر سب سے پہلا ہے اس لئے آپ کا پالیسی نمبر بھی نمبر ۱ قرار پایا ہے۔ آئندہ ماہ کی قسط روانہ کرتے وقت براہ کرم اپنے پالیسی نمبر ۱ کا حوالہ ضرور دیں۔

منجانب مشرقی بیمہ کمپنی

ہمارے بُزرگوار

یوں تو ہر پرانی وضع کا انسان موجودہ روشنی کا دشمن اور جدید سماجی رجحانات کا مخالف ہے مگر ہمارے بزرگوار نے عجیب طبیعت پائی ہے' اُن کے خیال میں موجودہ تہذیب کے کسی شعبے میں رتی برابر بھی خوبی نہیں' پرانا نظام اپنے میں ہر ایک خاصیت اور اچھائی رکھتا تھا' موجودہ نظام ابتر اور اس نظام کے مرد' عورتیں اور بچے محض نالائق اور عقل و خرد سے بے بہرہ ہیں۔

ایسے خیالات کے انسان کا گھر میں ہونا بجائے خود اس بات کی دلیل ہے کہ یہ گھر موجودہ تہذیب کا نمونہ نہیں ہو سکتا' مگر گھر کے سب چھوٹے (کیونکہ بزرگوار سب سے بڑے ہیں) اپنے جذبۂ رواداری کو کام میں لاتے ہوئے بھی بزرگوار کے ہر ایک خیال اور کام کی داد نہیں دے سکتے اس لئے گھر میں ہر وقت طوائف الملوکی کا دور دورہ رہتا ہے' کسی معاملے پر کوئی اختلاف رائے کا مظاہرہ ہوتا رہتا ہے' تردید اور مخالفت کی ابتدا ہمیشہ بزرگوار کرتے ہیں اور جب

مجبور ہو کر گھر کا کوئی چھوٹا یا چھوٹی اس تردید کو بے وجہ قرار دینے کی جرأت کر دے تو پھر بزرگوار بحث شروع کر دیتے ہیں۔

بحث سے عام طور پر وہ گفتگو سمجھی جاتی ہے جو دو یا زیادہ انسان کسی معاملے پر اختلاف رائے رکھتے ہوئے کریں، اور گفتگو سے مراد ہیں وہ باتیں جو دو یا دو سے زیادہ انسان آپس میں اس طرح کریں کہ اُن کی آوازیں ایک۔ دوسرے تک پہونچ سکیں، مگر بزرگوار آہستہ بولنا بے سُود سمجھتے ہیں، عام طور پر وہ یوں گفتگو کرتے ہیں جیسے زمین دوز ریل گاڑی کے ڈبے، ہوائی جہاز یا کسی آبشار کے دامن میں کھڑے ہو کر بول رہے ہوں میں اکثر اُن سے درخواست کر چکا ہوں کہ وہ بولتے وقت اپنے پھیپھڑوں کا اس شدت سے استعمال نہ کیا کریں مگر میری درخواستیں، گڑگڑاہٹیں اور گریہ وزاری سب رائیگاں ثابت ہوئی۔ وہ مجھے ہمیشہ یوں جواب دیتے رہے ہیں۔

"ابے او بالشت بھر کے لونڈے تو بزرگوں کو نصیحت کرنے چلا ہے، آخر مجھے کس کا ڈر ہے کہ آہستہ بولوں ۔ "آہستہ بولئے!" چغد کہیں کا، ارے اگر آہستہ بولوں گا تو سُنے گا کون ؟ لعنت ہے اس موجودہ تہذیب پر وغیرہ وغیرہ۔"

آخر تنگ آ کر اب میں نے بزرگوار کی آواز کو کم کرانے کی کوشش چھوڑ دی ہے، آخر پتھر سے سر پھوڑنے کا فائدہ، مجھے یقین ہو گیا ہے کہ بزرگوار ہر ایک کو بہرہ سمجھ کر مخاطب کرتے ہیں، اس عادت کا ایک

نتیجہ یہ نکلا ہے کہ نوکر ان کی بانگوں سے مانوس ہو کر واقعی بہرے ہو جاتے ہیں۔ شرافت سے انہیں بلایا جائے تو جواب نہیں، بزرگوار ہو اکثر رسوئی کے آس پاس منڈلاتے رہتے ہیں نوکر کے جواب نہ دینے پر جھنجھلا اٹھتے ہیں پھر پکارنے والے کو کچھ برا بھلا کہہ کر اس زور سے نوکر کو آواز دیتے ہیں کہ گھر کے بچے ڈر کر ماؤں کی چھاتیوں سے چمٹ جاتے ہیں، خود بلانے والا بھی چمک اٹھتا ہے اور نوکر چاہے وہ پاتال ہی میں کیوں نہ ہو فوراً حاضر ہو جاتا ہے، اسی طرح جس طرح علاء الدین کے قصے میں چراغ رگڑنے سے جن!

یہ تو بزرگوار کے معمولی گفتگو کرنے کا ڈھب ہے مگر بحث کرتے وقت تو وہ خالص چنگھاڑیں مارتے ہیں، دلیل قوی ہو یا نہ ہو آواز ہمیشہ بلند ہوتی ہے، ایسی آواز کہ محلے کے سب لوگ اپنے اپنے برآمدوں میں آ کھڑے ہوتے ہیں اور بغیر پیسہ خرچ کئے تماشہ دیکھتے ہیں۔ محلہ کی مائیں اپنے بچوں کو ان کی آواز کا خوف دلا کر چپ کرتی ہیں یا یوں سمجھئے کہ بزرگوار کی بحث کے درمیان ان کا رونا سنائی نہیں پڑتا اور بچے اکثر بحث ختم ہوتے سے قبل تھک کر چپ ہو جاتے ہیں۔

چنانچہ ایسی بحثوں میں جو بزرگوار اور گھر کے کسی چھوٹے یا چھوٹی کے درمیان شروع ہو جائے اس میں فتح ہمیشہ بزرگوار ہی کی ہوتی ہے کیونکہ محلہ والوں کو جمع ہوتے دیکھ کر چھوٹا یا چھوٹی تو میدان چھوڑ کر بھاگ جاتے ہیں اور بزرگوار کچھ دیر تک بحث کا موضوع جاری رکھ کر، تاکہ سننے والوں کو معاملے کے تمام پہلو معلوم ہو جائیں اپنے کمرے میں تشریف لے جاتے ہیں۔

اس طرح ان کا سب سے زبردست حربہ ان کی آواز ہے۔ بلکہ مجھے تو اب یقین ہو چلا ہے کہ اُن کو اپنی آواز سے اُنس ہے۔ کیونکہ بات کرتے ہوئے وہ اپنے مخاطب کو بالکل نظر انداز کر دیتے ہیں اور خود ہی سوال کر کے خود ہی جواب دینا شروع کر دیتے ہیں ــــ میں نے اُن کو اس انداز میں ڈیڑھ ڈیڑھ گھنٹے تک متواتر بولتے سُنا ہے' ان حالات میں بعض سُننے والے تو الوداع کہے بغیر ہی چل دیتے ہیں اور بعض بیٹھے بیٹھے محض دماغی تکان سے بے بس ہو کر سو جاتے ہیں اور جو سخت جان برابر دھیان دئے بزرگوار کے ترانوں کو اپنے کانوں میں جذب کرتے رہتے ہیں وہ بلا مبالغہ ایسی صحبت کے بعد سر درد کے علاج کی دوا تلاش کرتے ہیں۔

دراصل بزرگوار اپنی جوانی میں کام کرنے کے عادی رہ چکے ہیں، شاید کسی دفتر کے وہ افسر اعلیٰ تھے اور اُن کے ماتحت دس بارہ کلرک اور کچھ چپراسی رہے ہوں گے' اب وہ پنشن یافتہ ہیں مگر کام کرنے کی عادت نہیں بھولی اس لئے کسی نہ کسی طرح خود کو مشغول رکھتے ہیں۔ کاش کہ اُن کا شغل تعمیری ہوتا' مگر ہماری بدقسمتی سے اُنھوں نے تباہ کن اور انتشار پیدا کرنے کا پہلو اختیار کر لیا ہے' دن کے بیشتر وقت میں وہ نوکروں سے اُلجھتے رہتے ہیں، نکتہ چینی کرنا اور نقص نکالنا اُن کی طبیعت کا خاصہ ہے' اس کے علاوہ اپنے دل بہلانے کا ایک اچھوتا طریقہ اُنھوں نے یہ ایجاد کیا ہے کہ اگر نوکر پہاڑی ہو تو اُس کو ٹھیٹھ شہری اور اگر شہری ہو تو اسکو پہاڑی محاوروں میں ہدایات دیتے ہیں' اگر نوکر جنوبی ہند کا ہو تو اُس سے کشمیری زبان میں اور اگر وہ کشمیری ہو تو اُس کے ساتھ تلنگی میں باتیں کرتے

ہیں، اور اگر اُن سے مؤدبانہ یہ عرض کیا جائے کہ "یہ غریب نوکر زبان داں نہیں ہیں براہ کرم اُن کے ساتھ مادری زبان ہی میں گفتگو کیجئے"، تو کہتے ہیں کہ "یہ حرام خور سب کچھ سمجھتے ہیں، محض کام نہ کرنے کے لئے بات نہ سمجھنے کا بہانہ کرتے ہیں"۔ کاش کہ بزرگوار صرف اسی مشغلے یعنی نہ جاننے والوں کے ساتھ غیر ملکی زبانیں بولنے پر اکتفا کرتے مگر ایسا نہیں ہوتا بلکہ جب کوئی نوکر قطعی طور پر غیر مانوس الفاظ کو سمجھنے سے انکار کر دے تو بزرگوار طیش میں آکر اُس کی جوتوں سے مرمت کرتے ہیں!

میں عرض کر چکا ہوں کہ بزرگوار کو باورچی خانہ سے خاص اُنس ہے، اس لئے ہم جس مکان میں بھی رہائش اختیار کریں اُن کا کمرہ باورچی خانہ کے پہلو میں رہتا ہے اس طرح وہ رسوئی خانے پر ضرورت سے زیادہ کنٹرول رکھ سکتے ہیں۔ مثلاً اگر نوکر گھڑے میں پانی بھر کر ایک جگہ رکھے تو اُسے حکم دیتے ہیں کہ یہاں سے ہٹا کر دو فٹ اُدھر کر کے رکھ دو، جب نوکر دوسری مرتبہ اُن کی بتائی ہوئی جگہ پر گھڑا رکھتا ہے تو اُسے دو فٹ اِدھر کر کے رکھنے کی تاکید کرتے ہیں، بزرگوار کی برکت سے ہمارے گھر میں نوکر ٹک کر نہیں رہ سکتے، جب سے جنگ چھڑی ہے قریب قریب پندرہ نوکر بزرگوار کی ہدایات سے پریشان ہو کر لام میں شریک ہو گئے ہیں۔

تنگ آمد بجنگ رفت

اکثر ایسا بھی ہوتا ہے کہ بزرگوار کسی دن علی الصبح گھر کے کسی فرد کے اُٹھنے سے پہلے ہی سب نوکروں کو دھکے دے کر نکال دیتے ہیں

اور پھر جب تک نوکروں کا نیا سیٹ تلاش کیا جائے گھر کے چھوٹے بڑے برتن مانجھنے، پانی بھرنے اور کھانا پکانے پر مجبور ہو جاتے ہیں۔ ایسا دن بزرگوار کے لئے نہایت تسلی بخش ہوتا ہے، وہ اُس دن یہ اعلان کر دیتے ہیں کہ "آج میں تم سب کو کھانا پکا کر کھلاؤں گا۔۔۔ اچھا ہوا جو یہ بد ذات نکل گئے، آج تم سب کو معلوم ہو جائے گا کہ کھانا کس قدر لذیذ پک سکتا ہے۔" پکوان تو خیر جیسا پکتا ہے اس کا اندازہ لگایا جا سکتا ہے، البتہ اس مہم کی قابلِ ذکر بات کھانا تیار ہونے کا وقت ہے، ایسے دن گھر کے چند رُکن تو معدہ صاف کرنے کی ٹھان کر جلاب کی دوا کھا لیتے ہیں اور فاقہ رکھتے ہیں، چند بازار جا کر اپنی اشتہا مٹا لیتے ہیں، اور جو بدبخت ان دونوں کارروائیوں پر عمل نہیں کرتے اُن کو ناشتہ دن کے اڑھائی بجے اور دن کا کھانا شام کے ساڑھے چھ بجے ملتا ہے، اور رات کا کھانا۔۔۔ اس کے لئے کوئی بھی انتظار نہیں کر سکتا!!!

بزرگوار ہر پُرانی روشنی کے انسان کی طرح اشیاءِ خوردنی سے خاص اُنس رکھتے ہیں، خصوصاً اُن چیزوں سے جو مرغن ہوں، مگر ان کی سب سے زیادہ چاہت کی چیز دودھ ہے۔ دودھ ہے بھی اچھی چیز اور اگر اس سے کوئی شخص غیر معمولی طور پر مانوس ہو جائے تو تعجب نہیں، کیونکہ بچہ پیدا ہوتے ہی دودھ پینا شروع کر دیتا ہے، مگر جو دودھ ہمارے بزرگوار کو پسند ہے وہ نرالی چیز ہے۔ ہر معمولی انسان اس کو ہضم نہیں کر سکتا، اس خاص دودھ کے لئے کچھ تشریح لازمی ہے۔

بزرگوار نے کچھ سال ہوئے رات کا کھانا ترک کر دیا تھا، انھوں نے ایسا کیوں کیا اس کی کوئی خاص وجہ نہیں بتلائی جا سکتی! ہمارے گھرانے کے محققین کی جنھوں نے اس موضوع پر کافی وقت صرف کیا ہے، یہ رائے ہے کہ بزرگوار نے رات کا کھانا محض اس لئے چھوڑ دیا ہے تاکہ دودھ پر اچھی طرح سے توجہ دے سکیں۔

ابتداءً اُن کا حکم ہوا کرتا تھا کہ ان کے لئے ایک سیر دودھ اچھی طرح اُبال کر تیار رکھا جائے، چنانچہ ایک سیر دودھ اچھی طرح اُبال کر رکھا جاتا تھا بزرگوار کی عادتوں میں سے ایک یہ بھی ہے کہ وہ رات کو جلدی سو جاتے ہیں۔ چنانچہ وہ بلا ناغہ دودھ پینے سے پہلے ہی سو جایا کرتے تھے، نوکر انھیں جگا جگا کر تھک جاتے تھے مگر بزرگوار "ذرا دیر بعد" کہہ کر آخر رات کے گیارہ بجے کے لگ بھگ نیم بیداری کی حالت میں دودھ پینے کے لئے تیار ہو جاتے تھے، دودھ کا ایک گھونٹ پی کر نوکر کو صلواتیں سنائی جاتیں تھیں کہ "کمبخت نے پھر شکر کم ڈالی ہے" چنانچہ نوکر تھوڑی شکر اور ڈال دیتا، بزرگوار پھر دودھ چکھتے اور کہتے۔ "ابھی کم ہے" یہ سُن کر نوکر اور شکر ڈالتا! ـــ اب کے بزرگوار اس کو پھر گالیاں سُناتے ہوئے کہتے کہ "اب میٹھا بہت زیادہ ہو گیا ہے اب اس میں تھوڑا دودھ اور ملا دو" مختصراً بیچارا نوکر بھاگتے ہوئے بازار جاتا اور کسی حلوائی کو جگا کر آدھ سیر دودھ لے کر آتا۔ حلوائی کا دودھ گھر کے دودھ اور شکر کے مرکب میں ملا دیا جاتا اور نئے مرکب میں میٹھا پھر کم

نکلتا تھوڑی شکر اور ملانے کے بعد آخر دودھ پینے کا پروگرام رات کے ساڑھے بارہ کے قریب کہیں ختم ہوتا!

یہ شروع شروع کے زمانے کا ذکر ہے، ہمارے گھر میں ایک بے حیا اور سخت جان نوکر تین سال تک رہا مگر اس کو بزرگوار کے منشا کے مطابق دودھ میں شکر ملانے کا اندازہ معلوم نہ ہو سکا، اس کے علاوہ بزرگوار کی ہمیشہ یہ شکایت رہا کرتی تھی کہ "دودھ پانی کی طرح پتلا ہوتا ہے" چنانچہ وہ رسوئی خانہ میں بیٹھ کر نگرانی کرتے رہتے تھے تاکہ دودھ میں کوئی پانی نہ ملا دے۔ مگر اُن کی نگرانی کے باوجود بھی دودھ ہمیشہ پتلا ہی رہتا اور شکر کم زیادہ ہوا کرتی، میں عرض کر چکا ہوں کہ بزرگوار کا دودھ عام انسان ہضم نہیں کر سکتے، پھر بھی یہ اُن کے اندازے میں گھٹیا قسم کا تھا اس لئے انھوں نے تنگ آکر گھر میں یہ اعلان کر دیا کہ "آئندہ سے میں اپنے لئے خود دودھ اُبالا کروں گا"

چنانچہ آج کل یہ دستور العمل ہے کہ بزرگوار صبح سویرے مکان کے باہر ایک بڑا دیگچا لے کر کرسی پر بیٹھ جاتے ہیں۔ گوالا بھینس کے ساتھ آتا ہے، بھینس بھی بزرگوار سے مانوس ہو چکی ہے، اُن کو دیکھتے ہی فوراً پاس ہی کھڑی ہو جاتی ہے، گوالا اُس لوٹے کو جس میں وہ دودھ دوھتا ہے پہلے بزرگوار کے سامنے کسی مداری کی طرح اُلٹا کر کے اور اس کے پیندے کو ٹھوک ٹھوک کر اس بات کا یقین دلاتا ہے کہ "یہ لوٹا پانی سے خالی ہے" پھر دودھ نچوڑنا شروع کرتا ہے، اس دوران میں بزرگوار کی

نظریں گوالے کے ہاتھوں، بھینس کے تھنوں اور لوٹے پر اس طرح جمی رہتی ہیں جس طرح بیوہ کے شباب پر اوباشوں، یا چھوٹے پرندوں پر عقابوں کی۔ اڑھائی سیر دودھ اس مستعدی اور نگرانی کے تحت لیا جاتا ہے۔ بھینس ان کی طرف ایسی نظروں سے دیکھتی ہے جیسے زبان حال سے کہہ رہی ہو ع

کیسی آنکھیں پھیر لیں مطلب نکل جانے کے بعد

اور بزرگوار کی مسکراہٹ بھینس کو یہ سندیسہ دیتی ہے۔

بشر پیدا ہی ہوا ہے دودھ پینے کے لئے
ورنہ طاعت کے لئے کچھ کم نہ تھے کروبیاں

دودھ کے دیگچے کو کسی ماں کی طرح چھاتی سے لگائے اور اس خیال سے کپڑے سے ڈھانپے ہوئے کہ کہیں اتفاق سے بارش کے قطرے ناگہانی طور پر دودھ میں نہ گر پڑیں وہ اپنے کمرے کی طرف رُخ کرتے ہیں، جہاں لوہے کی انگیٹھی، کوئلوں کی بوری، شکر سے بھری ہوئی بوتلیں اور دودھ رکھنے کی جالی دار الماری ایک کونے میں دھری رہتی ہے، انگیٹھی میں کوئلے ڈال کر سلگائے جاتے ہیں، دودھ کا دیگچہ انگیٹھی پر رکھ دیا جاتا ہے اور بزرگوار پاس ہی فرش پر بیٹھ جاتے ہیں اور دودھ کی طرف دیکھ دیکھ کر اُسی طرح خوش ہوتے ہیں جس طرح ماں بچے کو گود میں لئے اور بچے کے باپ کو پاس ہی حقہ پیتے دیکھ کر خوش ہوتی ہے، سوچتے ہیں کہ اب جلد ہی کوئلے دہکنے شروع ہوں گے دودھ اُبلنے لگے گا اور تھوڑی دیر میں اُس کا پتلا پن غائب ہو جائے گا یعنی گاڑھا ہوتا جائے گا اور پھر——

شام کا وقت، دودھ پینے کا وقت! کیسے رومان کا سماں ہوگا!!

یہ امر تو واضح ہو ہی چکا ہے کہ بزرگوار کو یقین واثق ہے کہ اگر اُن کی نظریں دودھ سے کچھ عرصے کے لئے چُوکیں تو کوئی نہ کوئی نوکر یا گھر کا رُکن ہی خود دودھ پی کر اُس میں پانی ملا دے گا' اس لئے اُنھوں نے یہ انتظام کر رکھا ہے کہ جب تک دودھ انگیٹھی پر دھرا رہتا ہے وہ دودھ کے سرہانے بیٹھے رہتے ہیں اور اُبلتے دودھ کی وہ نشہ آور خوشبو بس....

ع۔ "جب ذرا گردن جھکائی سونگھ لی"

اور جب کبھی کسی ضرورت کے لئے اُنھیں اپنا کمرہ چھوڑنے کی مجبوری محسوس ہو تو دودھ کو جالی کی الماری میں بند کر کے اس کو اصلی "چنبر" کا قفل لگا کر قفل کی ہر دو کنجیاں اپنی صدری کی اندرونی جیب میں ڈال رکھتے ہیں اسی طرح جس طرح کسی عاشق صادق نے۔

ع۔ اُن کی تصویر کو سینے سے لگا رکھا ہو

یوں تو بزرگوار کا دن نوکروں سے جھگڑنے، اخبارات یا کتابیں پڑھنے، خطوط لکھنے اور ڈاکیہ کا انتظار کرنے میں گزرتا ہے، مگر یہ سب کام جسمانی ہیں، ذہنی اعتبار سے وہ تمام دن شام کے منتظر رہتے ہیں کہ کب دن ڈھلے اور کب میں دودھ کو ایک آخری تاؤ دیکر پینا شروع کروں!

بزرگوار کے دودھ پینے کا طریقہ بھی نرالا ہے۔ شروع شروع میں جب نوکر دودھ اُبالا کرتے تھے تو بزرگوار بڑے گلاس میں دودھ بھر کر بڑے چمچے سے پیا کرتے تھے، رفتہ رفتہ اُنھوں نے گلاس ترک کر کے

بڑا لوٹا استعمال کرنا شروع کر دیا اور اب یہ حالت ہے کہ دودھ کو اُس دیگچے میں سے جس میں وہ اُبالا جاتا ہے علیحدہ نہیں کیا جاتا بلکہ شام کے وقت بزرگوار پوتر دھرتی پر بیٹھ کر دیگچہ سامنے رکھ لیتے ہیں اور کرچھی سے آہستہ آہستہ مزے لے لیکر دودھ پیتے ہیں اور اس امر سے جو آوازیں پیدا ہوتی ہیں وہ کسی نہ جاننے والے انسان کے لئے جو ساتھ کے کمرے میں بیٹھا ہو' ایسی معلوم ہوں گی جیسے کسی جھیل میں کوئی آہستہ آہستہ چپو سے کشتی چلا رہا ہو اور کشتی میں بیٹھا ہوا کوئی وحشی کسی حسینہ کا مُنہ چاٹ رہا ہو!

کاش کہ بزرگوار اس عادت کو اپنے تک ہی محدود رکھتے مگر اُنھوں نے گھر کے کتے کو بھی اسی قسم کے دودھ کی عادت ڈال دی ہے' پہلے تو وہ ہر قسم کا دودھ پی لیا کرتا تھا مگر حال حال میں اس کا مزاج عرش پر چڑھ گیا ہے' معمولی قسم کا دودھ اگر اُس کے سامنے رکھا جائے تو ایک آدھ دفعہ سونگھ کر کونے میں جا لیٹتا ہے' اُسے فاقہ کرنا منظور ہے مگر عام قسم کا دودھ پینا منظور نہیں۔ اس لئے اب گھر میں یہ رواج ہو گیا ہے کہ کتے کے لئے تین پاؤ دودھ لیکر وہ بھی بزرگوار ہی کے سپرد کر دیا جاتا ہے' وہ خود اس کو اُبال اُبال کر اس رنگ کا کر دیتے ہیں جیسے برسات کے کے موسم میں ندی نالے ہوتے ہیں' کتا ایسے دودھ کو لپ لپ پی جاتا ہے۔

بزرگوار خط وکتابت میں بھی بہت دلچسپی رکھتے ہیں'

دفتر میں کام کرنے کی عادت ایسی ہو گئی ہے کہ ہر ایک خط میں سرخی اور سیاہی دونوں کا استعمال کرتے ہیں، خط لکھنے کا کاغذ کبھی استعمال نہیں کرتے بلکہ بڑے بڑے فلسلیپ کاغذوں پر اپنے خطوط لکھتے ہیں، جب ایسا کاغذ دو طرفہ بھر جائے تو سُرخی سے سطروں کے درمیان لکھنا شروع کرتے ہیں، جس شخص کو اُن کے خطوط پڑھنے کی مہارت نہ ہو وہ تو اُن کے بھیجے ہوئے دستاویزوں کو معموں سے کسی حالت میں کم نہ سمجھے گا، اس کے علاوہ اُن کے ہر ایک اردو یا انگریزی خط میں، اردو، انگریزی، ہندی فارسی اور گرمکھی کے محاورے بمعہ اُن کے ترجموں اور تشریحوں کے درج ہوتے ہیں، لفافے خاکی کاغذ کے وہ خود بناتے ہیں تاکہ اُن کے لکھے ہوئے دستاویز اُن میں سما سکیں، اور اُن کا دعویٰ ہے کہ اُن کے لکھے ہوئے پتے کا خط کبھی اِدھر اُدھر نہیں جا سکتا۔ مثلاً اگر انھیں ایڈیٹر ساقی کو خط لکھنا ہے تو یہ پتہ لکھیں گے :-

(بذریعہ معمولی ڈاک۔ ٹکٹ ایک آنہ تین پائی کہ جس کا نصف آدھ آنہ ڈیڑھ پائی ہوتا ہے، پشت لفافہ پر چسپاں کر دیا گیا ہے)

بخدمت جناب مولانا شاہد احمد صاحب بی۔ اے
دہلوی (سابق متعلم سینٹ اسٹیفن کالج دھلی) نبیرۂ شمس العلماء خان بہادر ڈاکٹر نذیر احمد صاحب مرحوم۔ ایل۔ ایل۔ ڈی۔ ڈی۔ او۔ ایل۔ ایڈیٹر یعنی مدیر ماہوار ادبی رسالہ "ساقی" (جس کے سال میں دو خاص نمبر شائع ہوتے ہیں اور جن کی مستقل خریداروں سے علیحدہ قیمت نہیں لی جاتی)

بازار کھاری باؤلی، کوچہ نواب مرزا، مکان ڈپٹی صاحب

شہر دھلی جو کہ برطانوی حکومت ہند کا موسم گرما کا دار السلطنت اور جو شاہان مغلیہ کی راجدھانی بھی رہ چکا ہے۔

بزرگوار کسی نوکر پر اس بات کا اعتبار نہیں کرتے کہ وہ خط ڈاکخانہ ڈال آئے، اگر بعض اوقات انہیں مجبوراً نوکر کو اس مہم پر بھیجنا پڑ جائے تو اس کو اس قدر ہدایات دیتے ہیں کہ وہ بچارا دیوانہ ہو جاتا ہے، کہتے ہیں "سُرخ رنگ کا گول وضع کا ڈبہ جو فلاں موڑ پر گڑا ہوا ہے، اُس میں غور سے دیکھنے پر تم کو ایک سُوراخ نظر آئے گا، اُس سُوراخ میں اس خط کو ڈالنا ہے اور ڈال کر واپس آجانا ہے، سمجھے یا نہیں سمجھے — ؟"

اگر نوکر یہ جواب دے کہ "جی ہاں سمجھ گیا!" تو پوچھتے ہیں کہ "کیا سمجھے ؟" اور جب نوکر سمجھائے کہ وہ کیا سمجھا ہے تو کہتے ہیں کہ "کچھ سمجھ میں نہیں آیا" چنانچہ ہدایات دیتے بزرگوار نوکر کے ساتھ ساتھ خود بھی لیٹر بکس تک پہونچ جاتے ہیں!

پھر جب چٹھی رساں کے آنے کا وقت قریب ہو تو آپ بیقرار ہو جاتے ہیں، ہندوستانی عاشق کی طرح تڑپتے ہیں، برآمدے میں کھڑے ہوتے ہیں، اگر اس پر بھی ڈاکیہ نمودار نہ ہو تو اس سمت جدھر سے وہ آتا ہے ننگے سر اور ننگے پیر چل دیتے ہیں اور بسا اوقات تو ڈاکخانہ تک اِسی حالت میں پہونچ جاتے ہیں!!

بزرگوار کا ایک عقیدہ یہ بھی ہے کہ صاف سُتھرا رہنا خدا کو

مجھولنا ہے۔ نئی وضع کے آدمی سفید پوش ہیں اس لئے بزرگوار گندہ رہنے میں فخر سمجھتے ہیں، کپڑے تب تک نہیں بدلتے جب تک کپڑے بدلنے کے لئے اُن کے خلاف خانہ جنگی نہ شروع ہو جائے، اور آخر جب کپڑے بدل لیتے ہیں تو شام سے پہلے پہلے ننگے فرش پر لیٹ کر، کوئلوں سے کھیلتے ہوئے قمیص کے گریبان کو تولئے اور انگوچھے کی طرح استعمال کر کر کے دیکھنے والوں کو اپنے کپڑوں کے رنگ کے متعلق اس مشہور مصرع کی یاد دلاتے ہیں ۔

ع ۔ اگر ئی کا ہے گماں شک ہے ملاگیری کا

دراصل کپڑوں کو میلا کرنے کی اسکیم کپڑے وصل کر آتے ہی شروع ہو جاتی ہے، بزرگوار کپڑوں کو صندوق یا الماری میں رکھنے سے اس لئے انکار کر دیتے ہیں کہ یہ نئی تہذیب کے رواج ہیں، وہ اُن کو ایک کونے میں پھینک دیتے ہیں اور ان میں چوہے رہائش اختیار کر لیتے ہیں، نیز گرد و غبار جس کی ہندوستان میں کمی نہیں، کے پڑنے سے یہ کپڑے پہننے کے قبل ہی اپنی سفیدی کھو دیتے ہیں!

بزرگوار کے ریل کے سفر کے بھی عجیب و غریب قصے ہیں، آپ تیسرے درجے میں محض اس لئے سفر کرتے ہیں کہ وہاں انسان کو غیر معمولی صفائی برقرار رکھنے اور جدید تہذیب کا بیہودہ مظاہرہ کرنے کی ضرورت نہیں ہوتی، جہاں دل چاہا بیٹھ گئے، جو کسی کی نظر چوکی تو پاؤں پھیلا کر سو گئے اور جس سے چاہا، جس قدر چاہا، جس موضوع پر چاہا، جتنے زور سے چاہا دل کھول کر باتیں کیں !

اکثر یہ ہوا ہے کہ بزرگوار اگر رات کا سفر کر رہے تھے اور رات کے وقت گاڑی بدلتی تھی تو بجائے حیدر آباد کے مدراس پہونچ گئے، اور اگر صبح کو ہردوار پہونچنا تھا تو لکھنؤ جانکلے' اس لئے جب کبھی صبح بزرگوار کی اطلاع کے مطابق اُن کے آنے کی اُمید ہو تو اُن کے بجائے اُن کے تار کا انتظار رہتا ہے۔ تار عموماً مفصّل اور اس مضمون کا ہوتا ہے۔

"میں بخیریت غلطی سے فلاں جگہ پہونچ چکا ہوں' آج شام کی گاڑی سے یہاں سے سوار ہو کر اگر پھر ابتدائی منزل پر نہ جانکلا تو کل تک منزل مقصود تک پہونچ جانے کی اُمید ہے۔"

آپ اس تار کے مضمون کو میری حاشیہ آرائی نہ سمجھیں کیونکہ واقعی بزرگوار اس قسم کے تار لکھنے کے ماہر ہیں اور اپنے خطوط کی طرح دوسری زبانوں کے الفاظ انگریزی موضوع پر گھسیٹنے سے دریغ نہیں کرتے' بہت مرتبہ ایسا بھی ہوا ہے کہ کسی تار بابو نے پریشان ہو کر تار لینے سے انکار کر دیا ہو اور بزرگوار مضمون بدلنے یا تار گھر بدلنے پر مجبور ہو گئے ہوں۔

اِس کے علاوہ جب بزرگوار منزل مقصود پر پہونچ جاتے ہیں تو بلا مبالغہ ہمیشہ زاد راہ سے خالی ہاتھ پہونچتے ہیں' کبھی صندوق بھول گئے ہیں' کبھی بستر پلیٹ فارم پر رہ جاتا ہے' ایک دفعہ ایسا بھی ہو چکا ہے کہ ایک صاحب ان کو آتا دیکھ کر ان کے جسم سے ان کا کوٹ ہی اُتار کر لے گئے !!!

ایک مرتبہ مجھے بھی بزرگوار کے ساتھ سفر کرنے کا اتفاق ہوا' تیسرے درجے میں ہم سوار ہو گئے اور بزرگوار نے بہت جلد آس پاس کے مسافروں سے دوستانہ تعلقات قائم کر لئے، بزرگوار کو تو گفتگو کرنے کا موقع ہاتھ آگیا اور میری حیثیت اُن سب کے مشترکہ نوکر کی سی بن گئی کبھی میں کسی صاحب کے لئے پوریاں خریدتا، کبھی کسی صاحب کا بستر بچھاتا اور کبھی کسی صاحب کی اماں جان کی اُوپر رکھی ہوئی گٹھری میں سے فلاں ڈبہ نکالتا اور ڈبے میں سے شلجم کا اچار نکال کر بزرگوار کو چکھاتا۔ ایک مولوی صاحب اپنے خورد سال پوتے کے ساتھ سفر کر رہے تھے، بزرگوار کے ساتھ موجودہ روشنی کی بُرائیوں پر بحث کرنے میں مشغول ہو گئے' ان کا پوتا ایسا خبیث تھا کہ منٹ منٹ کے بعد پیشاب کی حاجت محسوس کرتا تھا اور اس پر طرہ یہ کہ بیت الخلاء میں اپنی ضرورت رفع کرنے سے انکار کر دیتا تھا' ایک آدھ مرتبہ اُس نے ڈبے کے کونے ہی میں آبپاشی شروع کر دی' میں نے بزرگوار سے ڈرتے ڈرتے اعتراض سا کیا کہ "صاحب بچے کو ایسا مت کرنے دیجئے" اس پر مولوی صاحب تو خاموش رہے مگر بزرگوار نے مجھے بہت کچھ بُرا بھلا کہا' بچے کی کمسنی اور معصومیت واضح کرتے ہوئے مجھے بیوقوف ثابت کیا' میرے لئے خاموش رہنے کے سوا اور کوئی چارہ نہ تھا، مگر بزرگوار نے اسی پر اکتفا نہ کی بلکہ مولوی صاحب سے مسلسل گفتگو جاری رکھنے کے خیال سے مجھے حکم دیا کہ میں ہر ایک اسٹیشن پر مولوی صاحب کے پوتے کو اُتار کر پیشاب کروا لایا کروں۔

اُس وقت کے بعد سے میرا سارا دن اسی ڈیوٹی میں صرف ہوا۔ اُس دن کے سفر کا صرف ایک اور واقعہ قابلِ ذکر ہے، چلتی گاڑی میں ایک مردِ بزرگ، دراز ریش اور جن کی صرف ایک آنکھ میں بینائی تھی ڈبے میں داخل ہوئے اور مسافروں کی توجہ اپنی طرف کر کے وہ آنکھوں کے بڑی نعمت ہونے پر درس دینے لگے اور اپنے بنائے ہوئے سُرمے کی خوبیوں کا پرچار کرنے لگے۔ پھرتے پھراتے وہ آکر بزرگوار کے پاس ہی آبیٹھے، حسبِ اُمید بزرگوار نے باتیں شروع کیں اور بہت جلد دونوں میں گہرا لگاؤ پیدا ہو گیا۔ میں مولوی صاحب کے نسخے کو سنبھالے یہ تماشہ دیکھ رہا تھا۔ آخر بزرگوار نے سرمہ کی ایک شیشی اُن کانے صاحب سے خریدی اور مجھ سے کہا "یہ سُرمہ نہایت اعلیٰ قسم کا معلوم ہوتا ہے، اِسے آنکھوں میں ڈال لے تاکہ تیری آنکھیں دُھول مٹی سے بچی رہیں۔"

میں نے عرض کیا کہ "مجھے اس نعمت سے معاف فرمائیے، مجھے یہ معلوم ہوتا ہے کہ اس اکسیر کے موجد اس کا استعمال کر کے اپنی ایک آنکھ کھو چکے ہیں۔"

یہ سُن کر بزرگوار پھر مجھ پر پل پڑے اور لگے آج کل کے فیشن پرست لونڈوں کو گالیاں سُنانے۔ میں خاموش رہا! بعد میں سُرمہ بیچنے والے حضرت نے اس بات کا اقبال کیا کہ واقعی اُنھوں نے اپنی ایک آنکھ تجربات کے دوران میں کھو دی تھی، مگر یہ سُرمہ جو وہ خلقِ خدا کی بہتری کے لئے فروخت کر رہے ہیں آنکھوں کے لئے تریاق تھا،

یہ سُن کر بزرگوار نے اُن کے ایثار کی بہت تعریف کی، آخر خدا خدا کرکے شام کے آٹھ بجے گاڑی سہارن پور پہونچی، ہم کو کرکشیتر جانا تھا اور وہاں گاڑی رات کے اڑھائی بجے جاتی تھی۔

بزرگوار اپنے سب دوستوں کو الوداع کہتے ہوئے اُترے اور مجھے نمستے سے نجات حاصل ہوئی ہم اُس پلیٹ فارم پر سامان اُٹھوا کرلے گئے جہاں سے کرکشیتر کو گاڑی جاتی تھی۔ بزرگوار نے پلیٹ فارم پر اپنا بستر بچھا دیا اور اس پر لیٹ گئے، میں پاس ہی ایک بنچ خالی دیکھ کر اس پر بیٹھ گیا۔ بزرگوار نے ایک دودھ بیچنے والے کو پکڑا اور اس کے پاس جس قدر شکر اور دودھ نکلا، ملا کر پی گئے، پی کر فرمانے لگے۔ "کچھ مزا نہیں آیا، دودھ کیا تھا پانی تھا اور شکر میں بھی شائد آٹا ملا ہوا تھا۔"

میں نے پوچھا۔ "کسی اور دودھ والے کو بلا لاؤں۔"

کہنے لگے۔ "وہ بھی اسی کا بھائی ہوگا، اب جانے ہی دو البتہ تم خود جا کر کہیں کھانا کھا آؤ۔"

چنانچہ میں جا کر کھانا کھا آیا اور آتے ہوئے بک اسٹال سے ایک ناول بھی خرید لایا تاکہ رات پڑھتے پڑھتے گذار دوں، بزرگوار لیٹے ہوئے ٹائم ٹیبل کا مطالعہ فرما رہے تھے، شاید یہ دیکھ رہے تھے کہ اگر رات کی گاڑی چھوٹ جائے تو دوسری گاڑی کب ملے گی، آس پاس کچھ لوگ اور بھی لیٹے ہوئے تھے اُن میں ایک جوان عورت بچے کو لئے پڑی تھی اور بچہ نہ معلوم کیوں رو رہا تھا۔ بزرگوار نے ان آج کل کی ماؤں کو خوب کوسا کہ

وہ بیچے بھی چپ نہیں کرا سکتیں۔ صرف اُونچی ایڑی کا جوتا پہن کر سرکس والوں کی طرح چلنا جانتی ہیں!

آخر بزرگوار نے مجھے حکم دیا کہ میں سو جاؤں اور وہ مجھے گاڑی کے وقت پر اُٹھا دینگے، میں "بہت اچھا" کہہ کر لیٹ رہا مگر سویا نہیں، مجھے معلوم تھا کہ اگر سو گیا تو صبح کا ناشتہ سہارن پور کے اسٹیشن پر کرنا پڑے گا، ناول دلچسپ تھا میں پڑھتا رہا، جب دو بجے کے قریب گاڑی پلیٹ فارم پر آگئی تو میں نے اُٹھ کر دیکھا کہ بزرگوار لوٹتے لوٹتے بستر چھوڑ دس فٹ پرے سوئے پڑے ہیں! میں نے بستر باندھا اور بزرگوار کو جگایا، بزرگوار نے نیند میں جواب دیا۔ "ابھی جلدی کیا ہے" میں نے پھر عرض کیا۔ "گاڑی آگئی ہے آپ اُٹھ کر گاڑی میں سو جائیے"۔

بزرگوار نے نیم خوابی کی حالت میں جواب دیا۔ "ذرا ٹھہر جاؤ ابھی اُٹھتا ہوں"۔

میں ذرا دیر ٹھہرا، اب گاڑی چلنے کا وقت ہو چلا تھا، گارڈ سیٹی مُنہ میں دبائے اُس میں ہوا پھونکنے پر تیار نظر آتا تھا، میں نے بزرگوار کو پھر ہلایا کہ "قبلہ گاڑی چھوٹنے لگی ہے اب تو اُٹھیئے"۔

اُسی پہلے جیسی بے نیازی کے لہجہ میں جواب ملا۔ "ابھی نہیں چھوٹ سکتی"۔

میں نے پھر کہا "جناب وقت ہو چکا ہے گاڑی ہمارا انتظار نہیں کرے گی"۔

کہنے لگے۔ "کوئی پرواہ نہیں کل چلے جائیں گے۔" اب اس کا میں کیا جواب دیتا۔ ایک بار پھر التجا کی کہ اس طرح سفر میں خراب ہونے سے کیا فائدہ۔ آخر بزرگوار نے سفر، گاڑی، انجن، گارڈ اور مجھ پر لعنتیں بھیجیں اور بمشکل اُٹھ کر سامنے کے ڈبے میں جا بیٹھے، میں نے قلی سے اسباب رکھوایا اور گاڑی چلدی!

اُس دن کے بعد میں نے بزرگوار کے ساتھ سفر کرنے کی جرأت نہیں کی، اگر ہم دونوں کو ایک جگہ جانا ہو تو میں ایک دن پہلے یا ایک دن بعد گھر سے نکل پڑتا ہوں، ویسے تو ریل گاڑی والا ماحول گھر میں بھی قائم رہتا ہے مگر بزرگوار کی تعریف میں یہ کہنا پڑتا ہے کہ اُن سے گھر کی رونق ہے، اس لئے ہم چھوٹوں کی ہمیشہ سے یہی دُعا رہی ہے کہ خدا بزرگوار کا سایہ ہمارے ننھے ننھے بے عقل سروں پر ہمیشہ قائم رکھے!

ہمارا پیشہ

میں نے اپنی چھوٹی سی زندگی میں بہت سی غلطیاں کی ہیں اور ہر ایک غلطی کرنے پر خمیازہ بھگتا ہے۔ خیر یہ خمیازے تو غلطی کے بڑے چھوٹے یا متوسط درجہ ہونے کے لحاظ سے طویل یا قلیل ہوتے رہے ہیں اور بسا اوقات تو غلطی نہ کرنے پر بھی پشیمانیاں اُٹھانی پڑی ہیں، مثال کے طور پر سائیکل کے ٹیوب میں بلاوجہ پنکچر ہو جانا یا پھر بیٹھے بٹھائے قبض کی شکایت میں مُبتلا ہو جانا۔ یہ تو رہیں خدا کی عطا کی ہوئی برکتیں۔ مگر سب سے بڑی غلطی جو میں نے اپنی زندگی میں کی ہے وہ اپنے پیشے کے انتخاب سے متعلق ہے۔

کہتے ہیں کہ جب چیونٹی کی موت آتی ہے تو اُس کے پر لگ جاتے ہیں۔ جب گیدڑ کی شامت آتی ہے تو وہ شہر کی طرف بھاگتا ہے اسی طرح میری شامت یوں آئی کہ میں نے مدرس بننے کا فیصلہ کر لیا۔ بچپن ہی سے مجھے اس پیشے سے دلچسپی تھی۔ بعض اوقات اُستاد سے پٹ کر جب حالات پر غور کرتا تو اسی فیصلے پر پہونچتا کہ اُستاد بن کر پیٹنے والے

اُستاد سے نہ سہی اُس کے بیٹے یا پوتے سے بدلہ لوں گا۔ جب ذرا بڑا ہوا تو پیشہ ماسٹری میں اور بھی صفات نظر آئے۔ مثلاً یہ کہ یہ دُنیا کا بہترین پیشہ ہے۔ بے عقلوں کو عقل سکھانا اور جاہلوں کو انسان بنانا تاکہ وہ دُنیا میں اپنے اشرف المخلوقات ہونے کو ثابت کرسکیں۔ ایسے کئی خیالات دل میں چکّر لگایا کرتے تھے۔ آخر جب میں نے امتحانات کا لا متناہی سلسلہ جو پہلی جماعت سے شروع ہو گیا تھا ختم کر کے اور ڈگریوں سے مسلح ہو کر وادیِ طالب علمی کی آخری سرحد پار کر دی تو میرے دل میں عجیب و غریب خیالات تھے۔ میری حالت ایک فاتح کی سی تھی۔ معلوم ہوتا تھا کہ ساری دُنیا میری اپنی ملکیت ہے اور ہر جگہ خوشی کے نقارے بج رہے ہیں۔

میرے دماغ نے جو دُنیا بسا رکھی تھی اس میں رنگینیاں ہی رنگینیاں تھیں۔ میں سوچا کرتا تھا کہ مصائب کا زمانہ اب ختم ہو گیا۔ امتحان پاس کرنے کے لئے جو دردسری اُٹھانی پڑتی تھی اب وہ نہ رہے گی اب تو میں ایک مدرس بلکہ کسی اسکول کا ہیڈ ماسٹر بن جاؤں گا۔ مونچھیں پالونگا۔ دو تین عدد موٹے ڈنڈے خرید لوں گا۔ ایک دو قسم کے فونٹن پن اور کچھ پنسلیں جیب میں ٹانگ لونگا اور اِس طرح ایک معزز ہستی بن کر رُعب سے زندگی بسر کرونگا۔

اِسی رنگین زمانے کا ذکر ہے کہ میں نے ایک اخبار میں ہیڈ ماسٹر کی ضرورت کا اشتہار پڑھا۔ انگلستان کا ڈگری یافتہ مطلوب تھا۔

تنخواہ ساڑھے چار سو تا سات سو تبلائی تھی۔ میں نے دل میں سوچا کہ یہ اشتہار تو خاص میرے ہی لئے چھاپا گیا ہے۔ میں نہ صرف انگلستان ہی کا ڈگری یافتہ تھا، بلکہ مادر وطن سے بھی دو عدد عمدہ قسم کی اسناد حاصل کر چکا تھا۔ فوراً عرضی لکھ، ٹائپ کروا، بذریعہ رجسٹری روانہ کر دی۔ اُمید تھی کہ فوراً جواب آئے گا بلکہ تار کے ذریعے بُلا لیا جاؤں گا۔ ایک دو ہفتے تک کوئی جواب نہ آیا۔ بعد کے دو ہفتے ماہی بے آب کی طرح گزارے مگر تار کا چپراسی چٹھی رساں، سراغ رساں کوئی بھی نہیں آیا۔

کچھ عرصہ بعد ایک اور اشتہار نظر سے گزرا۔ یہ بھی ہیڈ ماسٹر کی ضرورت بتلاتا تھا۔ تنخواہ بھی معقول تھی اور یہ بھی میرے اندازے کے مطابق خاص میرے ہی لئے شائع کیا ہوا معلوم ہوتا تھا۔ پھر عرضی ٹائپ کروائی اور ایک پنڈت جی سے نیک ساعت دریافت کر کے اُسی وقت ڈاک میں ڈال دی۔ انتظار کی گھڑیاں پھر شروع ہو گئیں۔ دن ہفتے اور آخر مہینہ گذر گیا۔ معلوم ہوتا تھا کہ اشتہار دینے والے جواب دینے کے عادی نہیں، یا ایسے اشتہار اخبار والے محض اپنے خالی اوراق پُر کرنے کی غرض سے شائع کر دیتے ہیں۔ بہر حال وجہ کچھ بھی ہو مجھے کوئی جواب نہیں ملا۔ میں نے گرم و سرد، ہر دو قسم کی آہیں بھریں، آسمان کی طرف مُنہ کر کے آہ و زاری کی مگر میرے نالوں نے خاک بھی اثر نہ بتلایا۔ اسی طرح بہت سی عرضیاں بھیجیں، ٹکٹ اور ٹائپ کروانے پر زر و مال لٹوایا مگر کسی بھلے مانس نے جواب تک نہ دیا۔

آخر کار چھ ماہ کے انتظار کے بعد ایک جگہ سے مددگار ہیڈ ماسٹر کی جگہ کے لئے انٹرویو کے لئے بُلاوا آیا۔ میں نے تیاریاں شروع کر دیں۔ اپنے انگلستان سے سِلائے ہوئے سوٹ کو استری کروایا۔ بال کٹوائے، اور انٹرویو کے لئے وقت پر پہونچ گیا۔ جس کمرے میں انٹرویو ہونے والا تھا اُس کے باہر پچاس کے لگ بھگ مختلف قامت قد، عمر و ہیئت کے انسان جمع تھے۔ یہ سب امیدوار تھے اور ایک ایک کرکے اندر بُلائے جارہے تھے۔ میری باری بھی آگئی۔ ایک بڑی میز کے گرد تین چار عجیب الخلقت اشخاص براجمان تھے۔ بوڑھے، موٹے اور بظاہر خوش خوش...... نہ معلوم یہ انٹرویو کرنے والے موٹے کیوں ہوتے ہیں —— میں اندر داخل ہوا اور سب کو سلام کیا۔ ایک کرسی پر بیٹھنے کے لئے ایک طرف سے اشارہ ہوا۔ میرے بیٹھنے کے بعد ایک صاحب نے نام پوچھا۔ عمر دریافت کی مذہب کے بارے میں استفسار کیا۔ صحت کے متعلق مختلف سوالات کئے۔ وطن پوچھا۔ یہ بھی پوچھا کہ بیوی کے بطن سے کتنے بچے ہو چکے ہیں۔ جب میں سوالات کا جواب دے چکا تو فرمانے لگے: "نوجوان۔ تم اس عہدے کے لئے بہت کم عمر ہو۔ تم پروفیسر ہو۔ کسی کالج میں تمہاری خوب نبھے گی (پھر اپنے ساتھی کی طرف مخاطب ہو کر) کیوں بندے خاں صاحب؟"

اور بندے خاں صاحب نے یوں سر ہلایا جیسے کسی چابی سے چلنے والے کھلونے کو چابی دے کر چھوڑ دیا جائے اور کہا: "جی ہاں

جی ہاں۔ جی ہاں"
مجھے اِن گیدیوں پر سخت طیش آیا۔ آخر انھوں نے میرا شجرۂ نسب دریافت کرنے کے لئے مجھے کیوں تکلیف دی تھی۔ میں نے کہا "حضرات شاید آپ نے محض میری صورت دیکھنے کے لئے مجھے بُلایا تھا ورنہ میری نوجوانی کا حال تو آپ کو میری عرضی سے معلوم ہو جانا چاہئے تھا۔" اور دل میں یہ سوچتے ہوئے باہر نکل آیا کہ۔

رُکنا ترا کام نہیں، چلنا تری شان
چل چل رے نوجوان
واپس تو چلے جا۔ آیا ہی کیوں تھا؟
استاد بنے جا۔ پروفیسر ہی بن جا
چل چل رے نوجوان

اس طرح یہ نوجوان ناتجربہ کار ایک تلخ تجربہ کر کے واپس لوٹا۔ سوچنے لگا کہ طالب علمی کا زمانہ کچھ اتنا بُرا نہ تھا۔ بیشک امتحان تھے۔ گھر کا کام کرنا ہوتا تھا مگر ان کے ساتھ ساتھ بیحد تسکین اور بے فکری بھی تھی۔ خیر۔ دن گزرنے لگے۔ اب مجھے اپنے بے روزگار ہونے کا احساس بہت زیادہ تنگ کرنے لگا۔ آخر کب تک انسان خواہ وہ نوجوان ہی کیوں نہ ہو والدین کی کمائی ہوئی روٹیاں چبائے؟ بندہ پھر سے تلاشِ ملازمت میں تندہی سے کوشش کرنے لگا۔ ہیڈ ماسٹری اور بڑے بڑے عہدے اب ذہن سے نکل چکے تھے۔ صرف مدرس بننے کا

ولولہ ابھی تک باقی تھا۔ آخر بڑی کوششوں کے بعد ایک اسکول میں مددگار مدرس کی ملازمت مل ہی گئی۔ کامیابی پھر خوبصورت پری بن کر سامنے ناچنے لگی۔ تلخ شدہ زندگی میں پھر بہار آگئی۔ دُنیا کا رنگ پھر گلابی ہوگیا۔ بچپن سے لگائی ہوئی آس پوری ہوگئی۔

پہلے دن مدرسہ گیا تو وہ پُرانا زمانہ یاد آگیا۔ طلباء کا بستے بغل میں دبائے اِدھر سے اُدھر جانا۔ قلمیں، دواتیں، ہنسی مذاق، گریہ، استاد، سبق، گھنٹیاں، جماعتیں، بورڈ، چاک، کھیلنے کا میدان، وہی پُرانا ماحول۔ مگر مَیں بحیثیت مدرس کے داخل ہو رہا تھا۔ انقلاب زندہ باد!

اپنے ہیڈ ماسٹر صاحب سے ملا۔ فرشتہ خصلت اور نیک آدمی تھے۔ مجھے مدرس بننے پر مبارکباد دی اور چند ایک باتیں سمجھا کر اور ایک چپراسی کو بُلا کر مجھے "مولوی صاحب" کے پاس لے جانے کی تاکید کی میں با رُعب چپراسی کے پیچھے پیچھے اسی طرح ہولیا جس طرح کوئی ہندوستانی دُلہن اپنے بے رعب خاوند کے پیچھے پیچھے پلیٹ فارم پر جا رہی ہو۔ دو چار کمرے چھوڑ کر چپراسی ایک کمرے میں داخل ہوا اور مجھے ایک ڈاڑھی پوش انسان کے پاس لیجا کر کہا:۔

"مولوی صاحب، یہ حضرت نئے اُستاد ہیں۔"

مولوی صاحب ایک چھوٹی سی میز کے پیچھے گھومنے والی کرُسی پر بیٹھے ہوئے تھے۔ میز پر کچھ کاغذ، چند موٹے موٹے رجسٹر، سیاہی اور سُرخی کی دو دواتیں تین چار قلم، خود اُن کے سر پر دو پلڑی ٹوپی۔ مُنہ ڈاڑھی اور مونچھوں سے آلودہ۔ مُنہ کے اندر سفید دانت مگر ضعیفی کا ثبوت حاصل کئے ہوئے

جسم پر کوٹ پتلون اور کالر والی قمیص نکٹائی کے بغیر۔ مجھ کو دیکھ کر اُن کا مُنہ مجسم مُسکراہٹ بن گیا۔ مجھ سے مل کر خوش ہوئے اور فرمانے لگے۔ "ہمارے مدرسہ کو آپ جیسے نوجوانوں کی سخت ضرورت ہے۔"

میں نے شکریہ ادا کیا اور پاس والی کُرسی پر بیٹھ گیا۔

مولوی صاحب نے مجھے ایک ٹائم ٹیبل عطا کیا اور کہا کہ "لائبریری سے جا کر کورس کی کتابیں لے لو۔ اور ٹائم ٹیبل کے مطابق کل سے کام شروع کر دینا۔"

مولوی صاحب متواتر مُسکرا رہے تھے اور آہستہ آہستہ سر بھی ہلا رہے تھے، نہ معلوم کیوں؟ میں پریشان تھا کہ۔ ع:

یا الٰہی یہ ماجرا کیا ہے

معلوم ہوتا تھا کہ اُن کے فرائض میں سے نئے اُستاد کو ایک دو مرتبہ ہنسانا بھی تھا۔ میں بھی بڑے جوش سے مُسکرایا۔ میں نہیں چاہتا تھا کہ کسی کا دل دُکھاؤں۔ سوچا تھا کہ شائد میرے مُسکرانے سے یہ مولوی صاحب اپنا مُسکرانا بند کر دینگے مگر وہ متواتر مُسکراتے ہی رہے اور میں لائبریری کا راستہ پوچھ کر اس طرف چلتا بنا۔ کتابیں حاصل کیں اور جماعتوں اور مدرسے کے راستوں سے کچھ واقفیت حاصل کر کے گھر چلا گیا۔

دل میں عجب ہنگامہ مچا ہوا تھا۔ یہ خیال کہ کل سے واقعی میں تعلیم دینا شروع کر دوں گا میرے دل میں وہی احساسات پیدا کر رہا تھا جو کسی دوشیزہ کے دل میں اپنے محبوب سے چاہے جانے کے خیال سے پیدا

ہوجائیں۔ میں نے سوچا کہ کل جب پہلے پہل جماعت میں جاؤں گا تو لڑکے تعظیماً کھڑے ہو جائیں گے۔ اس پر میں حضرت نوح کے انداز سے ہاتھ ہلاتے ہوئے اُنہیں بٹھادوں گا اور تاکید کرونگا کہ آئندہ سے وہ میرے آنے پر کھڑے نہ ہوا کریں اور مجھے اپنا دوست تصور کریں اور ایک ایسا رہبر جس سے وہ مدد طلب کریں۔ مشکلات حل کروائیں۔ مگر جس طرح میرا فرض اُن کی مدد کرنا ہے اسی طرح ان کا فرض سبق یاد کرنا ہے۔ اگر وہ اپنا کام ٹھیک کریں گے تو اُنہیں کوئی ڈر نہ ہونا چاہئے البتہ اگر وہ اپنے فرائض پورے نہ کریں گے تو پھر میں اُن کو سخت سے سخت سزائیں دونگا۔ مارونگا۔ ناک کان تراش لونگا۔ اُٹھ بیٹھ کراؤں گا وغیرہ وغیرہ۔ اور جب لڑکے میری تقریر سے خوش ہو کر پھر خاموش ہو جائیں گے تو اُن سے پوچھونگا کہ کتاب کہاں تک پڑھی ہے۔ اور یہ دریافت کر کے درس دینا شروع کر دونگا۔ انہی خیالات میں ڈوبا ہوا میں نہ جانے کب سو گیا۔

دوسرے دن سویرے اُٹھا۔ اچھی طرح نہایا دھویا اور پھر ناشتہ کر کے اسکول روانہ ہو گیا۔ گھنٹہ بجا اور اساتذہ کے کمرے سے مدرس اس طرح نکلنے شروع ہوئے جس طرح کسی طیاروں کی فوجی بندرگاہ سے ہوائی حملے کا بگل سُن کر ہوائی جہاز رینگنے شروع ہو جائیں۔ میں بھی اپنی جماعت ہشتم (ج) کی طرف لپکا۔ وہاں پہونچا تو کیا دیکھتا ہوں کہ ایک لحیم شحیم اچھی خاصی مونچھوں والا انسان بورڈ صاف کر رہا ہے۔ میں نے سوچا شاید غلطی سے کوئی اور اُستاد میری جگہ آ گیا ہے۔

پھر ٹائم ٹیبل دیکھا اُس میں اسی جماعت کا ذکر تھا۔ پھر خیال آیا کہ شائد مولوی صاحب سے غلطی ہو گئی ہو مگر یہ خیال بھی جلد ہی دل سے خارج کرنا پڑا۔ کیونکہ اُن کا مُسکراتا ہوا چہرہ اور اُن کی عمر اپنے کام پر حاوی ہونے کی دلیل تھے۔ آخر میں نے یہی فیصلہ کیا کہ کسی اُستاد کو غلطی ہو گئی ہو گی اور جماعت میں داخل ہو گیا! کچھ کانا پھوسیاں ہونی شروع ہوئیں۔ ایک دو قہقہے بلند ہوئے اور اُس پہلوان نما انسان نے مجھ کو جماعت کی آخری بنچ بتاتے ہوئے کہا۔ "وہاں جا کر بیٹھ جاؤ۔"

میں نے کہا۔ "مگر سُنئے تو میں یہاں اس لئے نہیں آیا کہ..."

بات کاٹتے ہوئے اُس نے ذرا ڈپٹ کر کہا۔ "یہی نا کہ کوئی آپ پر رُعب جمائے۔ مگر میں رُعب نہیں جما رہا۔ اِس جماعت میں یہی قاعدہ ہے کہ ہر ایک لڑکا مقررہ جگہ پر بیٹھے۔ باقی سب ڈیسکیں دیگر طلباء کے لئے وقف کر دی گئی ہیں۔ آپ خاموشی سے وہاں جا کر بیٹھ جایئے ورنہ کہیں ایسا نہ ہو کہ سر منڈاتے ہی اولے پڑنے لگیں۔"

میں نے دل میں سوچا اور کہ اولے پڑینگے، یہ تو بم ہیں بم مگر ع۔

مرا مزاج لڑکپن سے مسخرانہ تھا

میں جا کر بیٹھ ہی گیا۔ یہ سوچ کر کہ آج ان مولوی صاحب سے ایسے ایسے سوالات پوچھونگا کہ ساری عمر مجھے یاد کریں گے۔ لیکن میرے بیٹھتے ہی وہ مضبوط شخص بھی سامنے کی ایک خالی ڈیسک پر بیٹھ گیا!!!

ارے توبہ وہ تو ایک طالب علم نکلا۔ میں نے اُس کو دل میں خوب کوسا اور اُس کی ہیبتناک ساخت کو ہزاروں گالیاں دیں۔ اُس نے میرا سوچا ہوا تمام پروگرام درہم برہم کر دیا تھا۔ عجیب معاملہ درپیش تھا۔ سبق پڑھانے آیا تھا مگر سبق پڑھنے والا سمجھ لیا گیا تھا۔ آخر ہمت کر کے اُٹھا اور استاد والے اونچے ڈیسک کے قریب جا کر کھڑا ہو گیا اور گلا صاف کرتے ہوئے بولنا شروع کیا۔

"آج ہم سب غلطیوں کا شکار ہوئے ہیں۔ مجھ کو اِس جماعت کے مونیٹر نے نیا لڑکا سمجھا حالانکہ میں آپ کا نیا اُستاد ہوں۔ (بلند قہقہے) ہنسئے مت، یہ ایک حقیقت ہے۔ میری غلطی یہ تھی کہ میں نے آپ کے مونیٹر صاحب کو آپکا اُستاد سمجھا۔ اور حق تو یہ ہے کہ اُن کے تن و توش، مونچھوں اور پختہ شکل کے اعتبار سے میں تو کیا کوئی بھی نیا آدمی اُن کو طالب علم نہ سمجھتا۔ (تالیاں) مگر چھوڑیئے ان گزری ہوئی کہانیوں کو۔ آپ مجھ کو اپنا دوست تصور کریں اور ایک ایسا رہبر....؟ اور میں نے رات کی سوچی ہوئی تقریر دہرا دی یہ قصہ آیا گیا ہوا اور میں نے فرائض اُستادی انجام دینے شروع کر دئے۔

جب میں نے دیگر اساتذہ کو یہ قصہ سُنایا تو وہ خوب ہنسے مگر اُن کی ہنسی میں مردہ پن کی جھلک تھی۔ یہ ہنسی ایسی ہی تھی جیسے کوئی بھیڑ ہلاکت گاہ میں اپنے ایک ساتھی کو آتا دیکھ کر مُسکرا دے۔ اِن میں سے بعض پختہ کار حضرات نے مجھ کو اُستادوں کے عجیب و غریب قصے

سنائے۔ کس طرح ایک نئے اُستاد کو لڑکوں نے اس قدر ستایا تھا کہ وہ استعفیٰ دیکر آج کل بمبئی کی ایک فلم کمپنی میں مسخرے کا پارٹ کرانے کے ماہر بن چکے تھے اور کس طرح ایک مولوی صاحب نے اپنے ایک شاگرد کو اس قدر پیٹا تھا کہ وہ اسپتال میں جاکر ڈیڑھ سال تک زندگی اور موت کی کشمکش کا مظاہرہ کرتا رہا تھا اور مولوی صاحب تو برطرف ہوکر گھربار چھوڑ چکے تھے اور اب فقیر بنکر "دُنیا دیوانی۔ یہ دُنیا دیوانی" کے جگر خراش نعرے لگاتے پھرتے تھے مگر اسکول میں لڑکوں کو جسمانی سزا دینے کے خلاف احکام صادر کروائے گئے۔

ایک اُستاد کے فرائض کیا ہیں یہ ایک اُستاد ہی جانتا ہے۔ اِن کو اُنگلیوں پر گِن دینا ناممکن ہے۔ ایسے ہی ناممکن جیسے ایکسال کے فرائض کو شمار کرنے کی کوشش کی جائے۔ یہ فرائض گِنے نہیں جا سکتے بلکہ ان کو ادا کرنے والا انسان محسوس کر سکتا ہے۔ اُوروں کی نظروں میں تو پیشہ اُستادی صرف یہ معنی رکھتا ہوگا کہ مدرسے کے اوقات میں کچھ نہ کچھ بک دینا اور گھر بیٹھ کر مزے سے کھانا۔ سال میں تین چار ماہ چھٹیاں منانا کھیل کُود میں حصّہ لینا بچوں کے ساتھ رہ کر ساری عمر جوان بنے رہنا مگر کسی اُستاد سے پوچھئے کہ کیا یہ تشریح ٹھیک ہے؟

میں بھی ایک اُستاد ہوں اور اس پیشے میں اپنی زندگی کے تین نوجوان سال گذار چکا ہوں۔ اب حالت یہ ہے کہ دل مردہ ہو چکا ہے۔ اعضا ہردم کھاٹ ڈھونڈتے ہیں۔ سر کے بال اپنی رنگت بدل رہے

ہیں۔ آنکھیں عینک سے شادی کرنا چاہتی ہیں مگر وہ لڑکیاں جو میرے اس پیشے کو اختیار کرنے سے پہلے مجھ پر مرتی تھیں اب مجھ سے شادی کرنے کو راضی نہیں۔ مالی اعتبار سے کوئی شخص ایک پیسے کا اُدھار دیکر واپس لینے کی اُمید نہیں رکھتا۔ شاگرد کوستے ہیں کہ اُستاد بہت سختی کرتا ہے‘ زیادہ کام کرواتا ہے۔ شاگردوں کے والدین ہر حالت میں ناخوش رہتے ہیں۔ اگر اُن کے لڑکے کو انسان بنانے کی کوشش کی جائے تو اُستاد کو وحشی قرار دیتے ہیں۔ اور جو ڈور ڈھیلی چھوڑ دی جائے تو کہتے ہیں کہ سختی کرو۔ اور اسکول انسپکٹر اپنی اہمیت بلکہ اپنی کارروائی بتلانے کے لئے بلاوجہ نقائص نکال کے رکھ دیتے ہیں۔ اگر بیٹھ کر پڑھاؤ تو حکم ہوتا ہے کہ اُستادوں کو کھڑے رہکر پڑھانا چاہئے اور اگر کھڑے ہو کر پڑھایا جائے تو بیٹھے رہنے کی تاکید کی جاتی ہے اس طرح اُستاد ہر گھڑی ہر دم کسی نہ کسی کا تختۂ مشق بنا رہتا ہے۔

(Engagement) انگریزی زبان کا ایک لفظ ہے اس کا مطلب سگائی ہے۔ یا سگائی اور شادی کا درمیانی وقفہ۔ اِسی کو انگریزی زبان میں اگر زیادہ وضاحت سے بیان کرنا ہو تو ---- (Engagement period) کہیں گے۔ سُنا ہے کہ جن ممالک میں عورتیں بند گوبی کی طرح بُرقعوں میں پوشیدہ نہیں ہیں۔ یا صرف کھانا پکانے‘ کھلانے اور کھا کھا کر موٹا ہونے اور پھر درجنوں بچے پیدا کر کرکے بیروزگاروں کی تعداد میں اضافہ کرنے کے لئے نہیں پائی جاتیں

وہاں دو نوجوانوں کی زندگی کا بہترین زمانہ Engagement period ہوتا ہے۔ کیونکہ یہی وہ زمانہ ہوتا ہے جس میں انگیج شدہ جوڑا انتہائی راحت اور سُکھ پاتا ہے۔ محبت کا دَور دورہ ہوتا ہے اور میاں بیوی والی ذمہ داریاں نہیں ہوتیں مگر کسی مدرس سے پوچھئے کہ اُس کی لغت میں (Engagement period) سے کیا مراد ہے؟ جب کوئی استاد پیٹ کے درد، ٹانگ کے درد، کمر کے درد، سر کے درد، آنکھوں کے درد کمزوری، بخار یا کسی اور درد میں مبتلا ہو کر رخصت لینے پر مجبور ہو جاتا ہے تو اُس کے گھنٹے جو کسی دوسرے اُستاد کو دئے جاتے ہیں وہ بھی Engagement periods ہی کہلاتے ہیں۔ نام دونوں کا ایک ہی ہے مگر فرق صرف اتنا ہے کہ اول الذکر سے بیاہے جانے والا جوڑا اپنی آئندہ زندگی کے رنگین خوابوں میں ڈوبا رہتا ہے اور ان کو حقیقت بنانے کی خواہش میں ہمیشہ زندہ رہنا چاہتا ہے اور موخر الذکر سے اُستاد موت کا متلاشی اور گور میں چین حاصل کرنے کے لئے بیقرار رہتا ہے۔ یہی وہ بلا ہے جس میں ہر مدرس مبتلا ہے۔ ٹائم ٹیبل کے لحاظ سے جس وقت وہ آزاد سمجھا جاتا ہے اُس وقت وہ درحقیقت کسی دوسرے صاحب فراش ماسٹر کا کام کر رہا ہوتا ہے۔ اور اس طرح اگر نوجوان ہو تو نوجوانی کھو بیٹھتا ہے، اگر جوان ہو تو جوانی سے خالی ہاتھ رہ جاتا ہے اور اگر بوڑھا ہو تو وظیفہ پانے سے پہلے ہی کسی دن جماعت کی طرف جاتے ہوئے پیشہ اُستادی پر خود کو بھینٹ چڑھا دیتا ہے!! مولوی صاحب کا

وہ فقرہ کہ " ہمارے مدرسے کو آپ جیسے نوجوانوں کی سخت ضرورت ہے ۔" میری اب سمجھ میں آرہا ہے ۔ مگر مولوی صاحب کو یہ شکایت ہے کہ ہر نوجوان جو اُن کی قلم کی زد کے نیچے آجاتا ہے بہت جلد نوجوانی ۔ جوانی ۔ ادھیڑپن اور بڑھاپے کی منزلیں طے کر کے آخر ایک مدرس ۔ محض ایک مدرس بنکر رہ جاتا ہے !

ہر ایک اُستاد کی زندگی کو دو حصوں میں تقسیم کیا جاسکتا ہے ۔ ایک وہ حصہ جب وہ اسکول میں لڑکوں کو تعلیم دینے کی کوشش میں مصروف ہوتا ہے اور دوسرا وہ جو چھٹی کے گھنٹے کے بعد سے شروع ہوکر دوسرے دن اسکول شروع ہونے پر ختم ہوتا ہے ۔ اسکول کے اوقات کا زمانہ عجب پریشانی میں گزرتا ہے ۔ آج کل کے طلبا اُن پرانے زمانے کے طلبا کی طرح نہیں ہیں جو بغل میں جزدان دبائے دل میں یہی دھیان جمائے رہتے تھے کہ وقت پر پہونچ کر اُستاد کو سبق سُنائیں اور ہونہار ثابت ہوں ۔" آج کل کے لونڈے بھی عجب ہیں ۔ جزدان گھر میں چھوڑ آتے ہیں ۔ دل میں یہی دھیان لگا رہتا ہے کہ شام کو خورشید کو " مسافر " میں دیکھیں یا لیلا چٹنس کو " بندھن " میں ۔ ان میں سے بعض خود کو مرزا غالب تصور کر کے بال بڑھاتے ہیں اور ان کو استاد کی طرح پریشان رکھتے ہیں ۔ مُنہ میں ہمیشہ پان ٹھونسے رکھتے ہیں مگر دماغ ہمیشہ خالی ۔ بعض جیمز کیگنی کے شیدائی مُنہ میں چیونگ گم رکھتے ہیں ۔ جسم پر کوٹ

پتلون اور دل میں یہ آرزو کہ کسی دن اُستاد کو جماعت میں ایسا پڑھنا جو کچھ دن کے لئے رخصت لینے پر مجبور ہو جائے ایسے ہونہاروں کو تعلیم دینے کی کوشش میں تن و من کھو دیتا ہے۔ دھن ہوتا ہی نہیں اس لئے اس کو کھو نہیں سکتا۔ مختصراً جماعت میں جو شخص سب سے کم شور کر رہا ہوتا ہے وہ اُستاد ہی ہوتا ہے۔ وہ زیادہ شور اِس لئے نہیں کر سکتا کہ اس کا گلا پکارتے پکارتے مستقل طور پر بیٹھ جاتا ہے!

تعلیمی اوقات ختم ہونے پر اُستاد کا ایک دن کا کام ختم نہیں ہو جاتا "گھر کے کام" کی کاپیوں کو سائیکل کے پیچھے باندھ کر وہ گھر کی طرف نیم بیہوشی کی حالت میں روانہ ہو جاتا ہے۔ اگر کھیل کی مشق کرانے کی ذمہ داری ہو تو چھٹی کے گھنٹے کے بعد لڑکوں کے ساتھ کھیلنا پڑتا ہے۔ یعنی کمزور ٹانگوں کو بھگانا پڑتا ہے اور تھکے ہوئے دماغ کو چیخ چیخ کر اور تھکانا ہوتا ہے۔ مگر یہ کمبخت لڑکے کھیلنا بھی نہیں سیکھ سکتے۔ آخر یہ ڈیوٹی بھی ادا کر کے جب اُستاد گھر پہونچتا ہے تو تکان سے چور، بھوک اور پیاس سے مجبور، دُنیا سے بیزار صرف یہ چاہتا ہے کہ کچھ کھا پی کر خود کو چارپائی کی نظر کر دے۔

مگر کھانا زہر مار کرنے کے بعد وہ فوراً نہیں سو سکتا۔ صبح سے شام تک شاگردوں کو یہ درس دینے کے بعد کہ "آج کا کام

کل پر نہ چھوڑو۔" وہ خود کس طرح اپنے کام کو نظر انداز کر سکتا ہے۔ فوراً سرخی کی دوات اور قلم لے کر گھر کے کام کی کاپیوں کے انبار کو سامنے رکھ تصحیح کا کام شروع کر دیتا ہے اور یہ کرتے کرتے کسی وقت بارہ بجے کے بعد کسی سپاہی کی طرح جو پہرہ دیتے ہوئے گولی کا نشانہ بن کر چوکی کے پاس ہی ڈھیر ہو جائے بیہوش ہو جاتا ہے، ایسی حالت میں کہ ایک کاپی گود میں ہوتی ہے اور سر کاپیوں کے انبار پر! پھر جب رات کو اسکول کا کوئی ڈراؤنا خواب دیکھ کر نیند ہوشیار ہو جائے تو گھر کا کام درست کرنے کا سلسلہ پھر جاری ہو جاتا ہے!!!

چھٹی کے دن اسکول جانا نہیں ہوتا لیکن کسی نہ کسی جگہ لڑکوں کو پکنک کے لئے لے جانا ہوتا ہے۔ اگر یہ ذمہ داری عائد نہ ہو تو پرچے بنانے یا دیکھنے کا کام ہوتا ہے۔ اگر اتفاق سے یہ بھی نہ ہو تو اگلے ہفتے کے نوٹس بنانے کا کام تو ضروری ہوتا ہے۔ جو تھوڑا بہت وقت بچ جاتا ہے وہ اپنے مضمون کے متعلق کوئی نئی کتاب کا مطالعہ کرنے یا گزرے ہوئے ہفتے کے اخبارات دیکھنے میں گزر جاتا ہے۔ شام کو اگر کچھ وقت فرصت کا نکل آئے تو شادی شدہ استاد تو شاید اپنی بیوی بچوں سے دل بہلانے میں گزارتے ہوں گے۔ مگر میرے جیسے کنوارے اگر یہ فیصلہ کریں کہ چلو آج سینما دیکھیں تو یہ

بھی نہیں ہو سکتا۔ اِس لئے کہ مالی حالت سے مجبور اگر کبھی سینما دیکھنے کے لئے وقت نکل آئے تو چار آنے والی نشست سے اُونچے درجے میں بیٹھنے کا خیال نہیں آسکتا۔ مگر جب سینما گھر میں ٹکٹ کی کھڑکی کے پاس پہونچو تو پیچھے سے آواز آتی ہے۔ "آداب صاحب"۔ مڑکر دیکھو تو کوئی شاگرد صاحب موت کے فرشتے کی طرح ایک ہاتھ پیٹھ کے پیچھے کئے (سگریٹ چھپانے کی کوشش ایک ہاتھ سے آداب کر رہے ہوتے ہیں۔ اور ہم اُستاد شریف انسان ٹھہرے اپنے شاگردوں کے سامنے ادنیٰ درجے میں کس طرح بیٹھ سکتے ہیں۔ عزت کا خیال ہوتا ہے۔ اِس لئے اِس طرح کا کوئی بہانہ بنا کر کہ "ایک دوست نے یہاں ملنے کا وعدہ کیا تھا" وہاں سے نکل آتے ہیں۔ فلم دیکھنے کی خواہش دل میں رہ جاتی ہے اور تھکا ہوا جسم تین چار میل کی مسافت سے اور بھی تھک جاتا ہے۔

اِس طرح دماغی اور جسمانی کام کرکر کے اُستاد اَدھ موئے ہو جاتے ہیں اور گرمی کی چھٹیاں اکثر اسپتالوں میں گزارتے ہیں۔ اور جو سخت جان بیمار نہیں پڑتے اُن کو حکومت اعزازی کاموں پر لگا دیتی ہے۔ مثلاً مردم شماری کرنے یا کسی نمائش گاہ کے انتظام میں حصہ لینے کا کام، مدرس کو سب کچھ برداشت کرنا پڑتا ہے۔

شاگردوں کے ہتھکنڈے، انسپکٹروں کی نکتہ چینیاں۔ والدین کی
طعن و تشنیع۔ کام کی زیادتی اور آمدنی کی کمی۔ اعزازی ذمہ داریاں
کچھ عرصہ بعد اُستاد مجسم برداشت کا دیوتا بن جاتا ہے۔ دُنیا میں
ایسے برداشت کے دیوتا دو قسم کے ہیں۔ ایک تو اُستاد اور
دوسرا گدھا ان دونوں کے کان ہوتے ہیں البتہ گدھے کے جسم
میں دو ٹانگیں اور دُم زیادہ ہیں۔ مگر صفات کے اعتبار سے
دونوں میں غیر معمولی طور پر مشابہت ہے!

میرا مالی

کچھ عرصہ گذرا کہ مجھ کو اپنے مکان کے سامنے باغیچہ لگوانے کا سودا سر میں سمایا۔ چنانچہ میں نے یار دوستوں سے مشورہ کیا کہ باغیچہ لگانے کے لئے کن کن چیزوں کی ضرورت ہوگی۔ سب نے یہی کہا کہ بھئی ایک مالی رکھ لو۔ گھر کے سامنے زمین تو ہے ہی۔ اس طرح جب "زمین" اور "مالی" ایک جا ہوں گے تو باغ اور باغیچہ دونوں پیدا ہو جائیں گے۔ چنانچہ اب مجھے مالی کی تلاش ہوئی۔ مگر اس معاملہ میں کچھ دقت پیش نہیں آئی۔ کیونکہ جن دنوں مجھے باغیچہ لگوانے کی خواہش پیدا ہوئی تھی ان ایام میں میرے استفسارات اس زور شور سے ہو رہے تھے کہ آس پاس کے مہتر، چمار، دھوبی، نائی۔ غرض کہ گھر گھر میں جب میاں بیوی دن بھر کی محنت کے بعد چار گھڑی آرام کرنے سے پہلے بیٹھ کر باتیں کرتے تو گھر بار کے معاملات کے علاوہ میرے باغیچہ لگوانے کا تذکرہ بھی ضرور ہوتا۔

قصہ مختصر ایک دن صبح میں نہا دھو کر اخبار پڑھنے بیٹھا تھا کہ کسی نے دروازہ کو نہایت آہستگی سے کھٹکھٹایا۔ میں نے کہا۔ "اندر تشریف لے آئیے۔" اس پر ایک پتلی سی صورت اندر داخل ہوئی۔ عجیب حلیہ تھا۔ ننگے پاؤں جن پر پتلی پتلی ٹانگیں میلی سی دھوتی سے گھٹنوں سے ذرا نیچے تک ڈھکی ہوئی تھیں۔ دھوتی پر ایک قمیص ڈھیلی ڈھالی اور اس پر کسی سپاہی کا خاکی سرج کا پرانا کوٹ۔ کوٹ کے موٹا ہونے پر بھی اس انسان کے جسم کی لاغری عریاں تھی۔ پتلے پتلے شانوں کے اوپر پنڈلیوں سے ذرا ہی موٹی گردن پر ایک نہایت پتلا چہرہ لگا ہوا تھا۔ چہرہ کی رنگت بیان کرنا ناممکن ہے۔ اس کا رنگ گہرے سبزی مائل سے لے کر گہرے چاکلیٹ تک کسی قسم کا ہوگا۔ مونچھیں بھی اس کی پتلی پتلی، مگر لمبی اور مڑوڑی ہوئی تھیں۔ ایک گھٹیا قسم کی کرسٹی ٹوپی جس کو سر کے بال بھی گول نہ بنا سکے تھے دھری ہوئی تھی۔ میں نے ان سے پوچھا کہ آپ کی کیا خدمت کر سکتا ہوں۔ جواب میں کہنے لگے کہ وہ خود خدمت کرنے آئے تھے۔ انھوں نے پاس کے کسی چمار سے سُنا تھا کہ مجھ کو ایک مالی کی ضرورت تھی اور وہ بذاتِ خود مالی تھے۔

میں نے دل میں سوچا کہ یہ حضرت مالی کا کیا کام کریں گے ان کا پتلا پن ان کی کمزوری کی دلیل تھا۔ مگر مونچھیں اور سامنے کے دانت جن میں سونے کی میخیں لگی ہوئی تھیں ان کے تجربہ کار ہونے کے شاہد تھے۔

غرض کہ یہ فیصلہ ہوا کہ دس روپیہ ماہانہ پر میرے ہاں مالی کا کام کیا کریں گے۔

دوسرے دن صبح مالی صاحب تشریف لائے اور پوچھا کہ باغیچہ کس قسم کا لگایا جائے۔

میں یہ سوال سُن کر چکرا یا۔ سوچنے لگا کہ باغیچہ کی کونسی قسم بتاؤں۔ آخر ہمت کر کے کہا کہ مالی سنو! تم سے دو سیدھی سادی باتیں کہنی ہیں۔ ایک تو یہ کہ میں کوئی شاہجہاں تو ہوں نہیں کہ تاج محل جیسا گلزار لگوانے کی جرأت کر سکوں۔ بس کسی قسم کا باغیچہ ہو۔ یعنی معمولی سی قسم کا۔ دوسرے یہ کہ چونکہ آج کل زمانہ میں آزادی کا دَور دَورہ ہے اس لئے میں نے باغیچہ لگانے میں تم کو مکمل آزادی دے دی جس طرح چاہو باغیچہ لگاؤ۔ جو چاہو کرو۔ مگر اس ویرانے کو بسا دو۔ مالی "سلام سرکار" کہہ کر رخصت ہوا۔

دوسرا دن مالی نے اس اُجڑی زمین کا جائزہ لینے میں صرف کیا۔ اس زمین کو ہر ایک زاویئے سے دیکھا۔ اس کی مٹی کو ہاتھ اور پاؤں دونوں سے ٹھکور ٹھکور کر دیکھا۔ اپنی انگلی سے چاروں طرف اشارہ کرتے ہوئے خیالی دائرے کھینچے۔ بیچ میں اُگے ہوئے درختوں پر غور کیا۔ غرض کہ ہر پہلو سے اس معاملہ کو بھانپا۔ پھر گویا اس دن کا کھیل ختم کر کے کسی ایکٹر کی طرح اپنی مونچھوں پر تاؤ دیتا ہوا اپنے گھر کی طرف چل دیا۔

تیسرے دن صبح کو پھر مالی صاحب نظر آئے۔ کہنے لگے۔

"سرکار اس زمین کے گرد جنگلہ لگنا چاہئے تاکہ بچے، ڈھور، ڈنگر اور اسی قسم کی چیزیں بننے والے باغ میں سے نہ گذر سکیں۔" میں نے پوچھا "پھر کیا کیا جائے؟" مالی نے کہا "جی کچھ نہیں۔ تین چار روپئے کے بانس، ایک بیلچہ پھاوڑا، سوگز تار اور اسی قسم کی کچھ اور چیزیں درکار ہوں گی۔ میں خود جنگلہ کھڑا کر لوں گا۔

یہ نئے عشق کی پہلی مشکل تھی۔ نئی نئی تنخواہ آئی تھی۔ میں نے بیس روپئے حضرت مالی کے نذر کئے اور کہا کہ سب سامان لے آؤ۔ اور جنگلہ وغیرہ شروع کر دو۔ چنانچہ جنگلہ وغیرہ بننا شروع ہو گیا اور کچھ عرصے تک بنتا رہا۔ جب بن چکا تو میں نے سوچا کہ اب باغیچہ لگنا شروع ہو جائے گا۔ اور پھر گھر کے سامنے باغ اور باغ میں بیٹھ کر بندہ شام کی چاء پیا کرے گا۔ اور مشکل مسائل پر غور کرتے وقت اس میں ٹہلا کرے گا۔ میں انہی خیالات میں تھا کہ مالی صاحب پھر تشریف لائے اور کہا کہ "حضور جنگلہ تو تیار ہو گیا اب اس کو رنگ کرنا چاہئے بہت خوش نما معلوم دے گا۔"

مجھے بہت غصہ آیا۔ مالی پر غصہ آیا۔ اس یار پر بھی غصہ آیا جس نے اس مالی کو میرے پاس ملازم ہونے کی صلاح دی تھی۔ اور سب سے زیادہ خود پر غصہ آیا کہ کیوں میں نے یہ دردِ سر مول لیا۔ اور غصہ آنے کی وجہ بھی تھی۔ میں باغیچہ لگوانے کی فکر میں تھا اور مالی جنگلہ کھڑا

کر رہا تھا اور اس کو رنگنے کی فکر میں تھا۔ مگر میں نے پھر سوچا کہ صبر کا پھل میٹھا ہوتا ہے۔ جو کام آہستگی سے ہوگا وہ اچھا ہوگا۔ اس لئے میں نے جنگلہ رنگنے کی تجویز کو بھی پسند کیا اور رنگ و برش کے لئے پیسے مالی کو دیدیئے۔ ایک شام کو جبکہ میں جنگلے کا پاس سے معائنہ کر رہا تھا تو میں نے مالی کو زیر لب گنگناتے سنا' بالکل سہگل کی طرح :۔

اک جنگلہ بنے نیارا

خیر سے جنگلہ بھی رنگا گیا۔ دوسرے دن پھر مالی صاحب آموجود ہوئے۔ کہنے لگے "صاحب! باغیچہ لگانے کے لئے بیج لانے ہونگے اس کے علاوہ پانی کا انتظام بھی کرنا پڑے گا جس کے لئے دو کنستروں اور ایک نوارد کی ضرورت ہوگی" مالی کو میں نے ان سب چیزوں کے لئے بھی پیسے دیئے اور اس نے کام شروع کردیا۔ پہلے چند دن تو کیاریاں بنانے میں لگ گئے۔ پھر اس نے شاید بیج بوئے اور روزانہ جب میں کام کر کے واپس آتا تو مالی جانفشانی سے باغ میں پانی دے رہا ہوتا۔ کچھ عرصہ کے بعد ایک دو پھول بھی باغیچہ میں اُگ پڑے۔ مگر باغیچہ ابھی اس قابل نہیں ہوا تھا کہ میں اس میں بیٹھ کر چاء پی سکتا یا پیچیدہ گتھیاں سلجھا سکتا۔

میرا باغیچہ میں بیٹھنے کا شوق دن بدن بڑھتا جا رہا تھا۔ مگر وہ کم بخت زمین کا ٹکڑا باغیچہ کی شکل ہی اختیار کرنے میں نہیں آتا تھا بے چینی کے ایام کا ذکر ہے کہ مالی صاحب ایک صبح پھر نمودار ہوئے

اور اس مرتبہ یہ فرمائش لے کر آئے کہ نئے موسم کے لئے نئے بیجوں کی ضرورت ہوگی۔

سوال پھر پیسوں کا تھا۔ دراصل تمام دنیا پیسوں کا کھیل ہے میں پیسے کمانے کے لئے کام کرتا ہوں۔ میرا باپ پیسے کمانے کے لئے کام کرتا تھا۔ میرا نوکر پیسے کمانے کے لئے میرا کام کرتا ہے۔ لڑکے اسکولوں اور کالجوں میں دن رات اس لئے مطالعہ کرتے ہیں کہ پڑھ لکھ کر دنیا میں پیسہ کمائیں قحبہ پیسوں کے لئے حُسن فروشی کرتی ہے۔ وکیل پیسوں کے لئے جھوٹ بولتے ہیں اور پہلوان گردنیں اور شانے تڑواتے ہیں۔ خود میرے مالی نے بھی پیسوں کے لئے یہ جال بچھا رکھا ہے۔ گھٹتے ہوئے دل سے اور دریا میں ڈوبتے ہوئے آدمی کی طرح میں نے پوچھا۔ "مالی! تو کیا پہلے کے بیج ختم ہو گئے۔ کیا ان کی بہار چلی گئی؟ بڑی جلدی چلی گئی۔ میں نے تو صرف دو پھول باغیچہ میں دیکھے تھے۔ پھر وہ پہلے بیج کیا ہوئے؟"

مالی نے یوں جواب دیا۔ جیسے پہلے ہی سے تیاری کر کے آیا ہو۔ "سرکار! دراصل کام موسم کے بیچ میں شروع ہوا تھا اس لئے ادھورا سا رہ گیا تھا۔ اب کے دیکھئے باغیچہ کو پھولوں سے بھر دوں گا۔ آپ کونسی قسم کے پھول زیادہ پسند کرتے ہیں؟"

میں نے شکست خوردہ فریق کی طرح کہا۔ "مالی! خدا کیلئے اس اُجڑی زمین کو سرسبز کرو۔ کوئی بھی پھول لگاؤ مگر وہ پھول ہوں کوئی اور شئے نہ ہو۔ اگر میری صلاح پوچھتے ہو تو مجھے موتیا بہت پسند ہے۔

یہ پھول ہے بھی ہندوستانی طرز کا۔ اور میں نے دل میں سوچا کہ ؂

کانٹے سے بھی خراب ہے جس گل میں بُو نہ ہو

اس لئے میرے باغیچہ میں موتیا ضرور ہو۔ یہ کہہ کر مالی کے حسب ضرورت بیجوں کے لئے اور پیسے دیئے۔ مالی سلام کرکے رخصت ہوا۔ اور مجھے یہ سوچتا چھوڑ گیا کہ نہ معلوم یہ اخراجات کب تک جاری رہیں گے۔

مالی کو رکھے ہوئے پانچ مہینے گذر گئے۔ مگر باغ میں یعنی اس زمین میں جس کے گرد باغیچہ بنانے کی خاطر جنگلہ کھڑا کیا گیا تھا ابھی پھول اُگنے شروع نہیں ہوئے تھے۔ مالی کی نت نئی ضروریات ابھی تک طوفانی تیزی سے جاری تھیں۔ اگر میں مالی ہوتا تو مجھے تو روز روز پیسے مانگتے ہوئے شرم آجاتی خاص کر اس حالت میں جبکہ باغیچہ میں ابھی پھول بھی نمایاں نہیں ہوئے تھے۔ ہاں باغیچہ کے بیچوں بیچ ایک جھاڑی سی نمودار ہو رہی تھی۔ عجیب قسم کے بدنما پتوں کے ساتھ! میں نے مالی سے پوچھا کہ "کیوں بھئی! یہ کس قسم کے پھول ہیں؟"

مالی کہنے لگا۔ "حضور! آپ نہیں جانتے؟ یہی تو موتیا ہے۔"

یہ سُن کر میرے پاؤں تلے سے زمین نکل گئی۔ میں نے بھی اپنی زندگی میں موتیا دیکھا تھا مگر شاید مالی کی اصطلاح میں اسی بدنما جھاڑی کو موتیا کہتے ہوں۔ میں دنیا کے کسی شخص سے ہر ایک شرط لگنے کیلئے تیار ہوں کہ وہ یہ ثابت کردے کہ جو جھاڑیاں میری زمین میں اُگ رہی ہیں وہ موتیا ہی کے پھول ہیں۔ مزید برآں موتیا میں تو خوشبو ہوتی ہے۔ نہایت دلفریب خوشبو

جس سے گھر بار چمک جائے۔ ان کمبخت جھاڑیوں میں تو بد بو بھی نہیں آتی بعض داناؤں کا قول ہے کہ انسان کو ہر کردار بیوی نہ ملے، مگر وہ عاقل شاید مصیبت کی اس کان کو بھول گئے تھے جن کو مالی کہتے ہیں۔ کم از کم میرا مالی تو دن رات میری آنکھوں میں دھول جھونکتا ہے۔ ہر ایک بات میں دھوکا دیتا ہے۔ سچ غلطی سے بھی کبھی نہیں بولتا۔ اے دنیا کے باغیچہ بنانے والو۔ میری یہ بات یاد رکھنا ان انسانوں پر کبھی اعتماد نہ کرنا ورنہ پچھتاؤ گے۔

میرے مالی نے اپنا لباس تبدیل کر لیا ہے۔ آج کل وہ دھوتی نہیں پہنتا بلکہ خاکی قمیص اور خاکی رنگ کا ہی پاجامہ پہنتا ہے۔ اس کی وجہ میری سمجھ میں نہیں آتی۔ شاید جنگی لباس پہن کر مجھے ڈرانا چاہتا ہے کہ میں اس کے روزمرہ کے مطالبات پورا کرتا رہوں۔ یا شاید آج کل جنگ کے چھڑ جانے کی وجہ سے خاکی لباس نہایت فیشن ایبل متصور ہوتا ہوگا۔ یہ بھی ہو سکتا ہے کہ میرے مالی کو اس خاکی رنگ سے محبت ہو۔ اسی وجہ سے تو میرے باغیچہ میں خاک اڑا کرتی ہے اور پھولوں کی جگہ سوکھی ہوئی جھاڑیوں نے لے رکھی ہے۔ ہائے نادانی میں نے ایسے شخص کو مالی کیوں رکھا!

اور سنئے! میرا مالی چار عدد بچوں کا باپ ہے اسی لئے تو کمبخت ہڈیوں کا ڈھانچہ بن کر رہ گیا ہے۔ یہ بات مجھے اس طرح معلوم ہوئی کہ جب ایک آدھ مہینے کے بعد اس زمین (جس کو باغیچہ بنانے کی کوشش میں میں نے

اپنی پونجی صرف کر رہی ہے۔ اگی جھاڑیاں سوکھ کر اس قابل ہو جاتی ہیں کہ جلائی جا سکیں تو ان ایام میں مالی نے چھوٹے چھوٹے بچے کہیں سے نمودار ہو جاتے ہیں۔ مرغی کے بچوں کی طرح اپنے باپ کی راجدھانی پر پھیل جاتے ہیں۔ اور آن واحد میں اس چھوٹے سے زمین کے ٹکڑے کی ویسی حالت کر دیتے ہیں جو مالی رکھنے سے کچھ دن پہلے تھی۔ یعنی باغیچہ صفاچٹ ہو جاتا ہے۔ اس میں وہ خاردار جھاڑیاں بھی نہیں رہتیں۔ جنگلے سے گھرا ہوا زمین کا یہ حصہ بھیڑ بکریاں رکھنے کی جگہ معلوم ہوتا ہے۔ اور وہ چار بچے اپنا کام نہایت صفائی سے کر کے رخصت ہو جاتے ہیں میرے مالی سے تو اس کے یہ بچے ہی بھلے۔ کم از کم مہینے میں ایک دفعہ باغ کی ایسی صفائی کر دیتے ہیں کہ تنکا بھی ڈھونڈنے پر نظر نہیں آتا۔

کئی موسم بدل چکے ہیں۔ مالی کو رکھے ہوئے اب ایک سال ہونے کو ہے مالی نے باغ کو بھی اپنا جیسا خاکی لباس پہنا رکھا ہے یعنی گھاس کی جگہ خاک اڑتی ہے۔ پھولوں کی جگہ خاردار جھاڑیاں رونما ہیں، جو گاہ بگاہ مالی کے گھر میں ایندھن کا کام دیتی ہیں۔

مالی ہر روز میری کھال ادھیڑتا ہے۔ کبھی جھاڑیاں کاٹنے کے لئے قینچی مانگتا ہے۔ گھاس کاٹنے کے لئے مشین کی ضرورت بتاتا ہے زمین کے لئے کھاد چاہتا ہے۔ بیوی بچوں کے رکھنے کے لئے مکان کی بھی ضرورت جتلاتا ہے۔ ان کی دوا دارو کے لئے ڈاکٹر کے نام چٹھی بھی لکھواتا

مالی آیا ہے میں نے ایک کپڑا نہیں سلوایا ہے۔ جوں جوں مالی کے کپڑے اچھے ہوتے جا رہے ہیں میرے پھٹتے جا رہے ہیں۔ اس پر بھی اس مردِ ملعون کو میری حالت پر رحم نہیں آتا۔

آپ سوچتے ہوں گے کہ میں بڑا اُلّو ہوں جو اس قسم کے انسان کو نوکری سے علیحدہ کیوں نہیں کر دیتا۔ مگر مشکل یہ ہے کہ ایک تو میں چاہتا ہوں کہ کسی طرح باغیچہ لگ جائے اور بہ طرف دیگر مالی کے مطالبات کچھ اس قسم کے ہوتے ہیں کہ نہ نہیں ہو سکتی۔ مثلاً حال کا واقعہ ہے کہ مالی صاحب صبح صبح تشریف لائے اور کہنے لگے کہ "سرکار! کچھ سَرو کے پودے بک رہے ہیں۔ اگر حکم ہو تو تین چار خرید لاؤں؟"

میں نے کہا۔ "مالی! تمہارا موتیا تو دیکھ لیا۔ اب شاید تم سَرو کی جگہ چیڑ کا درخت لگانا چاہتے ہو!"

مالی نے نہایت متانت سے جواب دیا۔ "جی نہیں اس دفعہ بالکل خالص قسم کا سَرو لگاؤں گا۔ موتیا تو یہاں ملتا ہی نہیں اس لئے میں نے آپ کو خوش کرنے کے لئے موتیا کی قسم کی ایک اور چیز بو دی تھی۔"

میں نے کہا۔ "اچھا مالی تو سَرو لگا لو۔"

"بہت بہتر حضور" کہہ کر مالی نے پھر کہنا شروع کیا۔ "سرکار! میں بال بچے دار ہوں۔ میری تنخواہ بڑھنی چاہئے۔ دس روپیہ میں میرا گذارہ نہیں ہوتا۔"

میں نے کہا۔ "اچھا مالی! اس معاملے کو سوچیں گے اور

سوچ کر جواب دیں گے۔"

مالی نے پھر کہا۔"سرکار کچھ گملے باغ کے گرد لگانے چاہئیں۔" میں جل بھن کر کوئلہ ہو گیا۔ باغ میں نام کو بھی پھول نہ تھا۔ اور نہ معلوم یہ شخص گملوں میں کیا لگانا چاہتا تھا۔ میں نے کہا۔"مالی! گملوں کے لئے اس وقت پیسے نہیں ہیں پھر کبھی سہی۔"

مالی ان ہستیوں میں سے نہ تھا جو گملوں پر ہی رک جاتا۔ کہنے لگا۔"سرکار جیسے آپ کی مرضی۔ مگر دیوالی آ رہی ہے اور آپ نے اب تک۔۔۔ چراغ نہیں منگوائے اگر حکم ہو تو میں چراغ لے آؤں اور ان کو دھو دھلا کر دیوالی کے لئے تیار کر رکھوں۔"

اب آپ ہی بتائیے ایسے انسان کو کوئی کیا کرے۔ اگر گملوں کے لئے میں پیسے نہیں دیتا تو مالی دیوالی کے لئے چراغ تجویز کر دیتا ہے۔ بڑا ہوشیار آدمی ہے۔ ہر وقت کسی نہ کسی کام میں مشغول نظر آتا ہے۔ اگر میں کمرہ میں بیٹھا ہوں تو کھانس کر اپنی موجودگی کا اظہار کرتا ہے۔ اور جب وہ میرے کمرے کے سامنے آ کر آہستہ سے کھانستا ہے تو میری روح قبض ہو جاتی ہے۔ میں جانتا ہوں کہ نئی تجویز پیش ہو گی اس لئے اپنی جیب پر مضبوطی سے ہاتھ دھر لیتا ہوں مگر جب کبھی مالی آتا ہے مجھے اُلو بنا کر پیسے لے جاتا ہے۔ مگر باغیچہ ابھی تک نہیں بن سکا۔ اسی طرح بنجر اور ویران ہے جس طرح پہلے تھا۔ پھولوں سے اسی طرح خالی ہے جس طرح میری جیبیں آج کل پیسوں سے ہوتی ہیں۔

میری باغیچہ میں بیٹھ کر چائے پینے کی آرزوئیں اور اس میں ٹہلتے ہوئے پیچیدہ گتھیاں سلجھانے کے سہانے خواب حرفِ غلط کی طرح مٹ چکے ہیں۔ آج کل جس پیچیدہ گتھی کو میں اپنے کمرے میں بیٹھا ہوا سلجھا رہا ہوں وہ یہ ہے کہ وہ کونسی منحوس گھڑی تھی جب میں نے باغیچہ لگوانے کا قصد کیا تھا۔ اس آفت کو مول لینے سے تو یہی بہتر تھا کہ میں ہاتھی رکھ لیتا کوئی بڑا سا کُتّا پال لیتا۔ ایسی موٹر خرید لیتا جو ایک گیلن پٹرول سے صرف چھ میل ہی چلتی۔ یا شادی کر کے ایک دو بچوں کا باپ ہی بن جاتا۔ ان چیزوں پر زر خرچ کر کے کچھ فائدہ بھی تو ہوتا۔ مگر اس پتلے مالی نے میری حالت بہت پتلی کر دی ہے۔

ہش!! میرے دل کی حرکت بند ہو رہی ہے: مالی کے کھانسنے کی میٹھی، مدھم آواز قریب تر ہو رہی ہے۔ میں اب قلم رکھ دوں تاکہ آنے والی مصیبت کا دونوں ہاتھوں سے مقابلہ کر سکوں۔

اب جگر تھام کے بیٹھوں مرا مالی آیا!

ہماری دھوبن

ظاہر ہے کہ عورت ہے مگر ہمارے خاندان کے سب
چھوٹے بڑوں کو ناکوں چنے چبواتی ہے۔ ہر دفعہ وعدہ کرتی ہے کہ فلاں دن کپڑے لے آؤنگی مگر آج تک اُس نے کبھی وعدہ پورا نہیں کیا۔ کبھی اُس کے رشتہ دار مر جاتے ہیں جس کی وجہ سے وعدہ خلافی ہو جاتی ہے۔ کبھی خاص اُس کے گھاٹ پر ہی موسلا دھار بارش پڑتی ہے اس لئے کپڑے نہیں سُوکھ سکتے۔ بعض دفعہ خود بیمار بن بیٹھتی ہے۔ غرضکہ اُس کو لاکھوں بہانے یاد ہیں، مگر سال میں ایک دفعہ اس کا بہانہ بہانہ نہیں ہوتا۔ یعنی زچگی کی وجہ بتلاتی ہے اور ساتھ ہی اپنا نیا بچہ بھی ثبوت کے طور پر لاتی ہے۔ جس کو دیکھ کر ہمارے خاندان کے بُزرگ و بچے سب گلے بھُول جاتے ہیں اور اُس کے بچے سے پیار کرتے ہیں۔ دھوبن خوش ہوتی ہے۔ سب مُسکراتے ہیں نام پوچھتے ہیں اور بعد میں سب کے سب" اب کی مرتبہ وقت پر کپڑے لانے" کی درخواست کرتے ہیں۔ دھوبن مُسکراتی ہے

اور کہتی ہے۔ میں ضرور لاؤنگی یہ مگر یہ تو وہ ہر دفعہ ہی کہتی ہے۔ اس کے وعدے معشوق کے وعدوں سے بھی کم اعتبار کے قابل ہوتے ہیں۔ پھر بھی وہ ہر دفعہ یقین دلاتی ہے۔ اپنے فن کی ماہر ہے۔ یعنی جھوٹے وعدے کر کے یقین دلاتی ہے۔ کپڑے دھونا اس کا کام نہیں صرف بہانہ ہے۔

باٹو پانچ فٹ سے ہرگز اونچی نہیں۔ اکہرے بدن کی۔ پتلی پتلی ٹانگوں والی۔ ساڑھی گھٹنوں سے ذرا ہی نیچے رکھتی ہے سر میں کبھی تیل نہیں ڈالتی سوکھے بال ہمیشہ ہمارے خاندان کے اراکین کی طرح پریشان رکھتی ہے۔ ہر زم ڈاڑھ میں پان دبائے رکھتی ہے۔ ایک آنکھ سے ترچھا دیکھتی ہے اس کے ہونٹوں پر ہمیشہ مسکراہٹ کھیلتی رہتی ہے۔ دھوبی اکثر ایک جگہ سے دوسری جگہ کپڑے لے جانے کے لئے گدھے رکھتے ہیں۔ مگر ہماری باٹو کسی اعلیٰ خاندان سے تعلق رکھتی ہے۔ اُس نے بیل گاڑی بنا رکھی ہے اُسی میں کپڑے لاد کر لے جاتی ہے اور جب دل چاہتا ہے لے بھی آتی ہے یہ سال میں گیارہ دفعہ کپڑے دھو کر لاتی ہے۔ اسی وجہ سے گھر کے چند نئی روشنی کے نوجوانوں نے اُس کے خلاف علمِ بغاوت بھی بلند کیا تھا مگر خاندان کے پرانے اُصولوں کی طرح اس کو بدلا نہیں جا سکتا۔ ایک زمانے سے یہ ہمارے گھر والوں کے کپڑے دھوتی آئی ہے۔ اور جب سے اُس نے ہمارے خاندان کے کپڑے دھونے کا ذمہ اپنے سر لیا ہے۔ اُس دن سے گھر کے تمام نوکر کپڑے دُھونے کے فن میں ماہر ہو گئے ہیں۔ گھر کے اخراجات میں سوا دس روپے کا کپڑے دھونے کا صابن بھی ہر ماہ

شامل ہوتا ہے۔ گھر ہمیشہ دھوبی گھاٹ بنا رہتا ہے۔ گھر میں جتنے نل پانی کے ہیں وہ بارہ گھنٹے چلتے رہتے ہیں اُن کے نیچے مختلف آدمی طرح طرح کے کپڑے دھوتے رہتے ہیں اور دھو دھو کر گھر کے برآمدوں میں سوکھنے ڈال دیتے ہیں۔ اس طرح ہمارے گھر والوں کو پانی کا ٹیکس بھی عام شرح سے زیادہ دینا پڑتا ہے۔ (شاید دُنیا میں ہر ایک سفید پوش کا یہی حال ہو!) پانی اور صابن کے خرچ کے علاوہ اس دھوبن کو ملازم رکھنے سے بجلی کا بھی خرچ بہت بڑھ گیا ہے۔ بجلی کی استری ہمیشہ گرم رہتی ہے بلکہ کپڑے استری کرنے کے لیئے گھر کی ایک ہی استری کا استعمال کرنے کے لئے گھر کے اراکین میں ہردم جنگ چھڑی رہتی ہے۔ بعض اوقات گھر کے کمسن بچے استری سے کھیلتے ہوئے اپنے ہاتھ پاؤں جلا بیٹھتے ہیں تو ڈاکٹر کا خرچ اور بڑھ جاتا ہے۔ غرضکہ گھر میں عجب ہنگامہ مچا رہتا ہے۔

کپڑے دھونے کا کام دھوبن کے آنے کے ایک ہفتہ بعد تک بند رہتا ہے کیونکہ اُن دنوں دھوبن کے دُھلے ہوئے کپڑے پہنے جاتے ہیں۔ مگر استری برابر گرم رہتی ہے کیونکہ دھوبن کے استری کئے ہوئے کپڑے دراصل بغیر استری کئے ہوئے ہوتے ہیں۔ پھر بھی دھوبن کا یہ کہنا ہے کہ وہ برابر استری کرتی ہے۔ چند سالوں سے اب اس موضوع پر بحث نہیں کی جاتی۔ بلکہ یہ امر طے پا چکا ہے کہ ہر شخص اپنے کپڑے پہننے سے قبل خود استری کر لیا کرے۔ اس کام کے ہم عادی ہو چکے ہیں۔ اس قدر عادی کہ اگر کسی معجزے کے باعث ہماری دھوبن درحقیقت

کپڑے ٹھیک طرح سے استری کر کے لے بھی آئے تو بھی سب گھر والے اُن کو پھر سے استری کر کے ہی پہنیں گے۔

جس دن دھوبن کپڑے دھو کر لاتی ہے وہ دن بھی ہمارے گھر میں خاص اہمیت رکھتا ہے۔ گھر کے سب نوکر اُس دن عید مناتے ہیں۔ کیونکہ ایک ہفتہ کے لئے اُن کو کپڑے دھونے کے کام سے نجات حاصل ہو جاتی ہے۔ عام طور پر گھر کا کوئی بچہ دھوبن کی بیل گاڑی کو دُور سے آتا دیکھ کر گھر کے کونے کونے میں یہ خبر پہونچا دیتا ہے۔ نوکر دھوتے ہوئے کپڑے اُسی طرح چھوڑ دیتے ہیں۔ اور گھر کے اراکین کو جب یہ خبر پہونچتی ہے تو سب کے چہرے شگفتہ ہو جاتے ہیں۔ غرضکہ ع

اُس کے آنے سے ہی آجاتی ہے مُنہ پر رونق

اور اپنے بارونق چہروں کے ساتھ تمام گھر والے گھر کے تمام پہنتے اوڑھنے اور بچھانے والے کپڑے کمروں سے نکال نکال کر دھوبن کیلئے ڈھیروں کی شکل میں جمع کر دیتے ہیں۔ کیونکہ یہ ایک مدّت سے میلے ہو گئے ہوتے ہیں اور پچھلے ایک ماہ سے دھو دھو کر استعمال ہو رہے ہوتے ہیں۔ دھوبن مُسکراتے ہوئے آتی ہے اور ہر ایک کے کپڑے الگ الگ جما کر رکھ دیتی ہے۔ اس گھر کا ہر فرد بشر اپنے کپڑوں کا حساب خود لکھتا ہے اس لئے دھوبن ہر ایک کا حساب چُکاتی ہے۔ ہمیشہ کپڑے کم لاتی ہے، جب کوئی شکایت کرے تو اوّل تو انکار کرتی ہے کہ وہ کوئی کپڑا رکھ کر نہیں آئی مگر جب ڈراکر، پیار سے، اور آخر گھٹنوں کے بل بیٹھ کر آنکھوں میں

آنسو بھر کر اُس سے التجا کی جاتی ہے کہ وہ ہمارے کہنے کو مان لے اور جو کپڑا رکھ آئی ہے وہ لا دے تو وہ مان جاتی ہے اور وعدہ کرتی ہے کہ "آئندہ دُھلائی کے ساتھ لے آؤں گی" مگر عام طور پر نہیں لاتی اور اگر بفرض محال کبھی غلطی سے لے بھی آئی تو اُس دفعہ کی دھُلائی میں سے ایک کے بجائے دو کپڑے رکھ آتی ہے۔ اس لئے گھر کے تجربہ کار لوگ ایسی شکایت کرتے ہی نہیں اور ایک ہی کپڑا کھو کر یہ کہتے ہیں کہ:

"خدا جو کرتا ہے بھلے کیلئے کرتا ہے"

میں تجربہ کار نہیں ہوں مگر یہ کہنے سے دریغ نہ کروں گا کہ ان معاملوں میں خُدا جو کچھ کر چکا ہے، کر رہا ہے اور کرے گا اس میں دھوبن کا ہی فائدہ ہوگا۔

کچھ عرصے تک یہی کپڑے لینے اور دینے کا سلسلہ مع گلہ وشکوہ جاری رہتا ہے۔ آخر دھوبن سب کی آنکھوں میں دھول جھونک کر میلے کپڑوں کی گٹھڑیاں باندھ کر اُن کو بیل گاڑی میں لادتی ہے اور جب مزدورے کو ساتھ لاتی ہے وہ گاڑی ہانکتا ہے یہ ساتھ بیٹھ کر پان کی تھیلی کھول کر نیا پان لگاتی ہے۔ ہمارے گھر کے تمام مرد عورت برآمدے میں کھڑے ہو کر دھوبن کو رخصت ہوتے ہوئے دیکھتے ہیں۔ ان میں سے بعض ٹھنڈی آہیں بھرتے ہیں اور زبان حال سے یوں کہتے ہیں:- "اے دھوبن تو پھر کب آئے گی؟"

بیل چابک کھا کر چلتے ہیں اور گاڑی کو مع دھوبن کے

کم از کم پانچ ہفتوں کے لئے ہم سب کی نظروں سے غائب کر دیتے ہیں!

جونہی دھوبن رخصت ہوتی ہے اُسی دم گھر کا ہر فرد و بشر اپنے اپنے کمرے میں جاکر اپنے کپڑوں کی ڈھیری کے پاس بیٹھ جاتا ہے۔ ایک عدد قینچی، سوئی دھاگہ، مختلف رنگوں کے بٹن کہیں سے فراہم کرلیتا ہے اور ہر ایک کپڑے کا کھول کھول کر معائنہ کرتا ہے۔ ہر ایک کپڑا قابل مرمت ہوتا ہے۔ بعض دھوبن کی مار کھا کر پھٹ گئے ہوتے ہیں قیضوں اور پتلونوں کے بٹن غائب ہوتے ہیں۔ اس لئے سب اپنی اپنی جگہ اس طرح بیٹھ جاتے ہیں جس طرح مورچوں پر سپاہی بیٹھے ہوں۔ اور سلائی کا کام تین چار گھنٹے تک برابر جاری رہتا ہے۔ غرض کہ دھوبن کے آتے ہی گھر دھوبی گھاٹ سے بدل کر کسی پرانے پارچہ فروش کا گھر معلوم ہوتا ہے اور اُس کے جاتے ہی گھر کا نقشہ پھر بدل جاتا ہے اور اب کے ہمارا گھر کسی درزی کی درسگاہ یا رفوگر کی دُکان کی طرح بن جاتا ہے۔ یہ کام ختم ہو جانے کے بعد استری کرنے کا کام شروع ہوتا ہے اور شام اسی طرح ہو جاتی ہے اُس دن گھر کا کوئی شخص کہیں باہر نہیں جاسکتا۔

ایک دفعہ میں سردی کی چھٹیاں گھر گذار رہا تھا۔ دھوبن آئی اور میرے سب کپڑے پھاڑ کر لائی۔ مجھے نہایت غصہ آیا۔ میں نے اُسے ڈانٹا: ”تم کیوں سب قمیصیں اور پاجامے پھاڑ لائیں۔ اور شیروانیوں کے سب بٹن غائب ہیں! تم بٹنوں کا بیوپار تو نہیں کرتیں؟!“

اُس نے نہایت سنجیدگی سے جواب دیا۔ سرکار آپ کے سب کپڑے کثرت استعمال کی وجہ سے بوسیدہ ہو گئے ہیں۔ کپڑوں کی بھی عمر ہوتی ہے۔ ایک نہ ایک دن کتنا ہی اچھا کپڑا کیوں نہ ہو ضرور پھٹ جاتا ہے۔ البتہ شیروانی کا ایک آدھ بٹن ضرور میری سوکن کے داماد سے ٹوٹ گیا ہے۔ میں اُسے تنبیہ کر دوں گی کہ آئندہ سے بٹنوں والے کپڑوں کو پتھر پر زور سے نہ پٹخا کرے۔ آپ شیروانیوں میں ایسے بٹن کیوں نہیں لگاتے جو دھوتے وقت علیحدہ کر دئے جائیں؟

میں نے کہا۔ ”دھوبن تم سے باتوں میں کوئی جیت نہیں سکتا۔ مگر اس دفعہ میں چند نئی قمیضیں دھونے کے لئے دے رہا ہوں۔ یہ ریشمی ہیں اور نہایت مہنگی ذرا میرے حال پر رحم کرنا۔“

دھوبن نے میری نئی قمیضوں میں سے ایک کو ہاتھ میں لے کر غور سے دیکھا اور بولی۔ ”حضور یہ کپڑا جاپانی ہے۔ دیکھنے میں ریشم نظر آتا ہے مگر نہایت ناقص ہے اگر یہ قمیضیں پھٹ گئیں تو میں ذمہ دار نہ ہوں گی بلکہ مجھے یقین ہے کہ یہ ضرور تڑخ جائیں گی۔“

میں نے دل ہی دل میں کہا ؎

دھوبن سے سیکھے شیوۂ مردانگی کوئی
جو پھاڑنے پہ آئے تو پہلے پکار دے

کہتے ہیں کہ۔ ع۔ ”رنج کا حد سے گزرنا ہے دوا ہو جانا“
چنانچہ میں بھی دھوبن کے برتاؤ سے مانوس ہو چکا ہوں شکوہ و شکایت

کبھی نہیں کرتا۔ اکثر کپڑے گھر میں دُھلوا کر پہنا کرتا ہوں۔ خود ہی استری کر لیتا ہوں۔ سُوئی دھاگہ اور قینچی سے مسلح رہتا ہوں اور جب دھوبن کپڑے لاتی ہے تو چند گھنٹے صرف کر کے اپنے چیتھڑوں کو اس قابل بنانے کی کوشش کرتا ہوں کہ وہ پہننے کے قابل ہو جائیں۔ کسی طرح گزر کر رہا ہوں مگر اے خدا ہمارے گھر والوں کو اتنی جرأت عطا کر کہ وہ کسی نئے دھوبی کو آزمانے کی کوشش کر سکیں۔

ہمارا کلرک

دیکھنا کس شان سے چلا آتا ہے! موٹا موٹا گول سا جسم ہے، گدرایا ہوا نہیں بلکہ وقت بے وقت زیادہ خوراک کھا کھا کر، اور ورزش کرنے کی فرصت نہ ملنے کی وجہ سے پھولا ہوا یعنی بادی زدہ، کیا ڈیل ڈول ہے، جھومتا جھامتا سا چل رہا ہے جیسے کوئی میخانہ سے چلا آرہا ہو۔ مگر یہ جھوم جھام نشہ مے سے تعلق نہیں رکھتی بلکہ ٹوٹے ہوئے پیمانے کی یاد دلاتی ہے۔ بات دراصل یہ ہے کہ ابھی بہت سویرا ہے، رات گرمی (ہمارے ملک میں صرف دو موسم ہیں۔ ایک گرمی کا اور دوسرا بہت زیادہ گرمی کا!) اور مچھروں نے بالکل سونے نہیں دیا، صبح صبح جب آنکھ لگی ہی تھی کہ بیوی نے آشا نے پکڑ جھنجھوڑا، اور کسی طائر خوش گلو کے چہچہوں کے بالکل برعکس، نہایت بیدردانہ اور اپنے جسم کی طرح ٹھوس آواز میں کہا:۔

بس اٹھ بیٹھو بابو بہت سو چکے سویرا ہوا پانچ بھی ہو چکے

ضرورت سے فارغ ہو مُنہ ہاتھ دھو گودے ہیں سب بنے دھ بھی دوہ چکے
پراٹھے ہیں انڈے ہیں گرما گرم زمیندار ہیں بیج بھی بو چکے
یہی گر سلیقہ رہا نیند کا تو دفتر کے سب کام پھر ہو چکے
پہنچ جائیگا جبکہ "صاحب" وہاں نہ پائے گا موجود تم کو وہاں
خفا ہوگا غصے سے جھنجلائیگا ترقی کا موقعہ نہ پھر آئے گا
اسی ردی تنخواہ میں رہ جاؤ گے مجھے پھر نہ کہنا جو پچھتاؤ گے

حضرت کلرک خراٹے بھر رہے تھے، بیوی کی گرج سُن کر نیم بیہوشی کی حالت میں غصہ سا آیا، صبح کا وقت ہوتا ہی ایسا ہے کہ نیند خراب کرنے والے کو بے اختیار مارنے کو جی چاہتا ہے، وہ بھی چاہتے تھے کہ بیوی کے اس فعل پر کچھ بُرا بھلا کہہ کر اپنے "صاحب" کے انداز میں جھنجلاتے اور جھنجلا کر پیٹھ موڑ لیتے یا اپنے پیٹ کے نیچے سر ڈال اُسی طرح بستر سے چپکے رہتے، مگر یہ چار لفظ "دفتر۔ صاحب، کام، ترقی" گویا اس کے خوابیدہ ضمیر پر جادو کر گئے، آئی ہوئی گہری نیند، اور آتا ہوا شدید غصہ پھُر کر کے یوں اُڑ گئے جس طرح نور جہاں کے ہاتھ سے شہزادہ سلیم کا دیا ہوا کبوتر یا دیا سلائی لگانے پر آتش بازی کے انار۔ یہ بچارا فوراً اُٹھ کھڑا ہوا، اسی طرح جس طرح عورت کی بُو سونگھنے پر ہندوستانی مرد کے رونگٹے یا پھر مداری کے منتر پھونکنے پر اُسی کا اپنا کارندہ جو عارضی طور پر مُردہ بن گیا ہو۔ اور کارخانہ میں بجلی سے چلنے والی مشینوں کی طرح تیزی سے ضروریات سے

فارغ ہو، مُنہ ہاتھ دھو، بیوی کے تلے ہوئے انڈوں اور پراٹوں پر جا بیٹھا اور آن کی آن میں جو کچھ سامنے دھرا تھا نگل گیا۔ اور پھر کافی مقدار چاء اور پانی کی حلق میں انڈیل کر دفتر کی طرف مُنہ کر کے چلنا شروع کر دیا.........

یہی وجہ ہے کہ جھومتا جھامتا سا چل رہا ہے، اگرچہ وہ نیند کو بھول چکا ہے، مگر نیند نے اُس کو فراموش نہیں کیا، آنکھوں میں ابھی تک خمار باقی ہے، جسم اور روح میں تھکاوٹ، دماغ میں کام کرنے کی دُھن، دل میں ساٹھ تا ساڑے ستر سے نکل کر اسی تا سوا ننانوے کے گریڈ میں ٹِک جانے کی اُمید، نسیم صحر کی پاکیزگی اور خوشگواری سے جس پر شاعروں نے دیوان کے دیوان مرتب کر ڈالے ہیں، بالکل غیر متاثر، آس پاس کے ماحول سے بےخبر، اپنے خیالوں کی دنیا میں مدہوش بس دفتر کی طرف چلا جا رہا ہے۔ غرض کہ ع ؎

تصور شل پر ہے اور پا ہے فرش خاکی پر

اس طرح گھر سے دفتر کی مسافت طے کی جا رہی ہے پاؤں میں چمڑے کی گرگابی ہے جو کسی زمانے میں یعنی خریدنے کے وقت براؤن رنگ کی ہوگی مگر اس وقت چلنے والے کا بار اُٹھا اُٹھا کر ٹیڑھی اور چونکہ خود فراموشی کی حالت میں چلنے کی وجہ سے اس بچاری کو متواتر ٹھوکریں لگتی رہتی ہیں اور اُس پر طرہ یہ کہ پالش کرنے یا کروانے کی فرصت نہیں ملتی اور نہ ہی کبھی ضرورت محسوس ہوتی ہے۔ اس لئے چمڑے کا

رنگ نہایت ہلکا پیلا ہوگیا ہے اور سامنے کی نوک دودھ کی طرح سپید اور جاذب کی طرح کھردری۔ تلے کئی مرتبہ موچی سے مرمت کروائے جاچکے ہیں اور چونکہ ہر مرمت میں ایک نیا تلا لگتا رہا ہے اس لئے گرگابی کے تلے کی موجودہ صورت پہننے والے کے دفتر کی کسی مثل کی طرح ہوگئی ہے۔

پاجامہ ڈھیلا ٹخنوں تک آکر ختم ہوگیا ہے اور شیروانی بھی وہیں کہیں پہنچ کر رک گئی ہے۔ آہستہ آہستہ گامزنی سے جو صورت حال پیدا ہورہی ہے وہ یہ ہے کہ اِس امر کا اندازہ کرنا دشوار ہوجاتا ہے کہ آیا شیروانی لمبی ہے یا پاجامہ۔ شیروانی بھی بہت سال خوردہ ہے۔ دُھلنے کے بعد پہلے تو سکڑی ہوگی مگر اب دُھل دُھل کر اُس کے کپڑے کے تار لمبے ہوگئے ہیں، بُنت کشادہ ہوچکی ہے اور یہ پاجامہ کی طرح ڈھیلی ڈھالی سی ہوگئی ہے، سامنے موٹے موٹے بٹن غالباً فولاد کے لگے ہوئے ہیں جن کو صبح اُٹھانے والی بیوی نے کسی رات بیٹھ کر انتہائی مضبوطی سے سی رکھا ہے۔

اگر یقین نہ ہو تو کلرک کی دھوبن سے پوچھ لیجئے کیونکہ وہ ان بٹنوں پر متعدد حملے کرچکی ہے۔

گلے کا کالر بند نہیں ہے اور گردن سے جو پسینہ بہہ رہا ہے وہ کچھ تو کالر میں جذب ہورہا ہے اور کچھ سیدھا میٹھے اور چھاتی تک پہنچ کر شیروانی کے باہر تک نکل آیا ہے!

چہرہ گول ہے۔ مُنہ پان سے پھولا ہوا۔ ہونٹوں میں بجھا ہوا سگریٹ، پان کی پیک سے آدھا سُرخ کسی موٹر کی عقبی روشنی کی طرح نمایاں ہے۔ ایک ہاتھ میں چھتری ہے جو فولادی بنی ہوئی ہے۔ مگر فولاد کو زنگ لگ چکا ہے، کیوں نہ ہو پُرانے زمانے کی یادگار ہے۔ دوسرے ہاتھ میں بوجھل سا بستہ ہے، بستے میں گرانبار مثلیں، یہی وجہ ہے کہ جسم کا توازن درست نہیں رہ سکتا اور کمر اگرچہ کسی نقطۂ نگاہ سے بھی نازک نہیں کہی جاسکتی پھر بھی بل کھا چکی ہے، کچھ جھوم جھام نیند کی، کچھ تھکان کی، کچھ کارروائیوں کے تصورات کی اور کچھ اُس بوجھ نے پیدا کردی ہے جو کارروائیوں سے آٹی ہوئی مثلوں کا ہے۔

اس ڈیل ڈول پر اگر یہ دیوتا ہوتا اور گنیش دیوتا ہوتا یعنی اُس کے سونڈ ہوتی تو خوب سجتی، مگر یہ کلرک ہے، اور پُرانا کلرک ہے، اس لئے گرانڈیل ہے اور مُنہ پر سونڈ نہیں۔ بلکہ ناک پر عینک ہے، عینک کا فریم بھی شیروانی کے بٹنوں اور چھتری کی طرح فولادی ہے۔ عینک کے پیچھے دو آنکھیں مثل بینی کرکرکے جھریوں کے غلاف میں قریب قریب اس طرح چھپ گئی ہیں جیسے مرجھائے ہوئے بڑے بیروں میں چاقو سے ایک ایک شگاف دیدیا ہو۔ مستک بہت بڑا اور سر رامپوری دوپلڑی ٹوپی سے ڈھکا ہوا ہے۔ غرض اس لباس میں جھومتا جھامتا چلا جا رہا ہے.........

جُوں جُوں دفتر کے قریب تر ہوتا جا رہا ہے اُس کی بے خبری

ایسے گھٹتی جا رہی ہے جیسے گھڑیاں کے بجنے سے عمر کی ایک اور گھڑی۔ دفتر کے چپراسی کو اُس کا حکم ہے کہ اُس کے آنے سے پیشتر ہی پہنچ جایا کرے۔ وہ بچارا حسبِ حکم صبح کی نیند دفتر میں آ کر ہی لیتا ہے، جب اُس کے آنے کی آہٹ پاتا تو فوراً اُٹھ بیٹھتا ہے یعنی "با ادب با ملاحظہ ہوشیار" ہو جاتا ہے۔ فرشی سلام بجا لا کر بستہ گرانبار سے حضرت کلرک کو نجات دلاتا ہے۔ بوجھ کے گھٹتے ہی یہ لمبا سانس لیتا ہے آگے آگے چپراسی اور پیچھے پیچھے یہ یکے بعد دیگرے دفتر میں داخل ہوتے ہیں۔ چپراسی بستہ میز پر پٹک دیتا ہے جس سے میز پر رکھی ہوئی مثلوں پر کی دُھول اپنی جگہ سے اُڑتی ہے اور پھر رفتہ رفتہ وہیں جم جاتی ہے، کلرک اپنی چھتری پاس کے دروازے کے ایک مخصوص مقام پر ٹانگ دیتا ہے اور پھر دھم سے کرسی پر بیٹھ جاتا ہے، اُس امر سے بھی کچھ گرد آس پاس سے اُٹھتی ہے شاید بیٹھنے والے کلرک کی تعظیم کے لئے!

کرسی پر بیٹھتے ہی یہ فرسودہ حال تھکا ہوا کلرک کچھ ایسی شان اختیار کر لیتا ہے اور ایسا معلوم ہوتا ہے جیسے شیر اپنی کچھار میں بیٹھا ہو یا راجہ اپنے سنگھاسن پر حکم ہوتا ہے۔ "گلاس میں پانی لاؤ"۔

چپراسی جو اس کی ضروریات اور عادات کو پا گیا ہے فوراً پانی سے بھرا گلاس پیش کرتا ہے۔ شاید صبح آتے ہی بھر کر تیار رکھتا ہے۔ "غٹ غٹ غٹ" کی صدا بلند ہوتی ہے، یعنی پانی جسم میں سرایت کرتا ہے۔

ٹھنڈا پانی عجب چیز ہے۔ ہندوستان میں پینے اور نہانے کے کام آتا ہے۔ انگلستان کی خواتین اس کو بالٹیوں میں بھر کر بلیوں کی چیخ و پکار کرنے پر ان کے جسم پر انڈیلتی ہیں مگر حضرت کلرک کے لئے گلاس میں بھرا ہوا ٹھنڈا پانی صبح کے وقت......

ہوش میں لادے اور رام............ اور بجھادے اور رام

تپت اس کے تن کی..... بپت اسکے من کی....... نیند یا نینن کی۔

پانی پی کر وہ اطمینان کا سانس لیتا ہے اور جیب سے چھوٹا سا سوٹ کیس نکالتا ہے، یہ بھی شیروانی کے بٹنوں، عینک اور چھتری کے فریم کی طرح فولاد کا بنا ہوا ہے۔ اس میں صبح اٹھانے والی مضبوط جورو کے بنائے ہوئے پچاس کے لگ بھگ نرم و نازک پان نہایت احتیاط سے طے کئے رکھے ہوئے ہیں۔ یہ ان میں سے ایک پان نکال کر اپنے جبڑوں میں گھسیڑ لیتا ہے اور پھر شیروانی کی دوسری جیب میں سے ایک نیلی و سرخ رنگ کی تھیلی برآمد کرتا ہے اور اس میں سے مختلف مصالحے وغیرہ نکال کر اپنا منہ چھت کی طرف کر کے کھولتا ہے اور اس میں تھیلی سے نکالی ہوئی اشیاء بھر لیتا ہے۔ یہ سامان منہ میں بھر لینے کے بعد کونے میں پیک کی پہلی دھار اگلتا ہے۔ یہ کوئی نئی بات نہیں، ہر روز، ہر مرتبہ جب پان کھاتا ہے تو دیوار سے ہولی کھیلتا ہے۔ کون کہتا ہے کہ تھوکنے سے بیماری پھیلتی ہے! یہ شخص کبھی بیمار نہیں ہوتا حالانکہ اس کا افسر جو صاف ستھرے کمرے میں بیٹھتا ہے اور صاف ستھرا

رہتا ہے اکثر بیمار ہوتا رہتا ہے!!

جب پان مُنہ میں ایک خاص مرکب بن جاتا ہے تو یہ اُس صبح والے بجھے ہوئے سگریٹ کو پھر روشن کرتا ہے اور دُھوئیں کے بادلوں میں گھر جاتا ہے۔ چپراسی مقامی اخبار لاکر دیتا ہے اور یہ جلدی جلدی سُرخیاں پڑھ جاتا ہے۔ آخر اخبار رکھ دیتا ہے اور قلم اُٹھا لیتا ہے اور مثلوں پر تجاویز اور کیفیتیں لکھنا شروع کر دیتا ہے تاکہ دیر سے آنے والے صاحب مثلوں کا لُب لباب اُس کے لکھے ہوئے چند جملوں کے دیکھنے سے جلد ہی سمجھ لیں۔ اور صاحب پر کیفیت پڑھ کر ایک ایسی کیفیت طاری ہو جائے کہ سر ہلا کر "مناسب ہے" لکھنے کے سوا اور کچھ نہ بن پڑے۔ اگرچہ یہ معمولی حیثیت کا کلرک ہے مگر درحقیقت اپنے محکمہ کی مشین اسی کے حسب ایما چلتی ہے۔ تجویز ایسی لکھتا ہے جیسے مرزا غالب شعر لکھتے تھے یعنی ایک لفظ بھی اپنی جگہ سے ہل نہیں سکتا!

دن بھر کام کرتا ہے، پڑھتا ہے، لکھتا ہے، پھر پڑھتا ہے، پھر لکھتا ہے۔ حسب ضرورت ریفرنس کے لئے فلیگز۔ اے، بی، سی وغیرہ بھی ٹانکتا جاتا ہے۔ ماہرِ فن، کام سے ایسا واقف ہے جیسے مفلسی اُس سے اور انگریز ہندوستانیوں کی مذہبیت سے۔ سوچنے کی ضرورت ہی نہیں پڑتی۔ دیگر محکموں کے قوانین اور ضوابط تک حفظ کر رکھے ہیں۔ دفتری دستور العمل کے متعلق اس کا دماغ دیگر محکموں کی غلطیاں اس آسانی سے پکڑ لیتا ہے جس طرح ہندوستانیوں

کی انگریز بیویوں کو دوسرے انگریز! اپنے محکمے کے ضابطہ تو اُس کی ترامیم کے شرمندۂ احسان ہیں۔ یہی وجہ ہے کہ دفتر آتے ہی صاحب اس کو بات بات پر طلب کرتے ہیں۔ یہ ٹوپی سنبھالتا ہوا بار بار صاحب کے پاس جاتا ہے اور پیچیدہ مسائل اور اُلجھے ہوئے معاملات کو فوراً حل کر کے واپس آ بیٹھتا ہے۔ ٹوپی اُتار میز پر پھینک دیتا ہے، اور ایسی مسکراہٹ چہرے پر پیدا کر لیتا ہے جیسے زبانِ حال سے کہہ رہا ہو۔"میں گیا، میں نے سمجھایا، فتح پھر میری ہی رہی!"

اوقات دفتر میں اگر کوئی حضرت کسی غرض سے چلے آئیں تو اُن کو اس بات کا احساس کرا دیتا ہے کہ وہ ایک ملازم سرکار ہے مصروف ہے اور اُس کی ہستی کو ایک خاص اہمیت حاصل ہے۔ غرضمند اُس کی خوشامد کرتے ہیں یہ ناراض ہو جاتا ہے، وہ مناتے ہیں یہ بگڑتا ہے وہ التجا کرتے ہیں یہ مثلوں میں منہ چھپا لیتا ہے۔ وہ گڑگڑاتے ہیں یہ گرجتا ہے۔ وہ روتے ہیں یہ مسکراتا ہے، وہ گلہ کرتے ہیں یہ کہتا ہے جا کر ملکِ معظم سے شکایت کرو، وہ معافی چاہتے ہیں یہ کہتا ہے نہیں ملے گی، وہ اجازت چاہتے ہیں یہ کہتا ہے آئے ہی کیوں تھے، غرض ایک عجب نازکلر کانہ اختیار کر لیتا ہے۔ حاجتمندوں کے وقت کو جی بھر کر ضائع کرتا ہے۔ آخر جب وہ بالکل نراس ہو جاتے ہیں کہ چائے کا ذکر شروع کر دیتا ہے۔ اگر موسم گرمی کا ہو تو کہتا ہے کہ "گرمیوں میں گرم چائے ٹھنڈک پہنچاتی ہے۔" اگر زمانہ سردی کا ہو تو کہتا

ہے کر "چاء گرماتی ہے" آخر حاجتمند کو شرم آجاتی ہے، اور وہ اور "مشکل کشا" دونوں مل کر ایک ایک پیالی چاء پیتے ہیں۔ اس کے بعد یہ پان کھاتا ہے اور ایک عجیب انداز سے مسکرا کر پھر کبھی دن آنے کی خواہش نہایت رازدارانہ طریقہ پر کرتا ہے، کچھ اس طرح اپنا جال پھیلاتا ہے کہ طائر بچ کر نہیں نکل سکتا۔

دن بھر یہی کاروبار جاری رہتا ہے۔ مثلوں کی چھان بین صاحب کے بلاوے، حاجت مندوں کی آمد اور کلرک صاحب کے چھلاوے، چاء کی پیالیوں کی کھنکھناہٹ، قلم کی گھس گھس، اور ٹائپ رائیٹر کی کھٹ کھٹ ــــــ آخر چار بجتے ہیں۔ یہ اُن مثلوں کو ایک بستے میں باندھ لیتا ہے جن کو گھر جاکر دیکھنا ہوتا ہے۔ پھر مُنہ میں تازہ پان ٹھونس لیتا ہے۔ بستہ بغل میں داب لیتا ہے اور ایک ہاتھ میں دروازے پر ٹنگی ہوئی چھتری لے لیتا ہے، چپراسی کو چند ہدایات دے کر آہستہ آہستہ جھومتا جھامتا گھر کی طرف قدم بڑھاتا ہے۔ اور اُسی صبح والی رفتار سے، ویسے ہی انداز سے اور بالکل اُسی راستے سے۔

صبح کا کام پر نکلا شام کو گھر واپس پہنچ جاتا ہے۔

رانی رادھا بائی

وہ دیکھو سامنے سے وہی چلی آرہی ہے ہاتھ میں بیلن اس طرح پکڑ رکھا ہے جس طرح ٹیپا سے زمانے کے سور ما گرز پکڑا کرتے تھے۔ چہرے پر غصے کے آثار ضرور ہوں گے مگر رنگت کے غیر معمولی گہرے ہونے کے باعث ماتھے کی تیوریاں اور مُنہ کے اردگرد کے نشانات جو غصّہ آنے پر پیدا ہو جاتے ہیں نظر نہیں آسکتے۔ صرف سُرخ آنکھوں کی چمک دیکھ کر اُس کے غصّے کا اندازہ ہو سکتا ہے۔ دانت بھی اس آبنوسی چہرے میں ضرور چمکتے۔ مگر رانی صاحبہ نے اپنے شباب میں اور حُسن ڈھل جانے کے بعد بھی مسّی اور پان کا باقاعدہ اور کثرت سے استعمال جاری رکھا ہے اس وجہ سے اُن کے دانت بھی اُن کے چہرے کی سی رنگت اختیار کر چکے ہیں۔ تو گویا ان کے چہرے کی رنگت زردے والے پان کی سُرخی اور مسّی کی سیاہی ملانے سے جو رنگ تیار ہو ویسی ہے۔ یہ ابھی ابھی ہمارے گھر کے بھوی (حیدر آباد کی اصطلاح میں برتن مانجھنے والے کو کہتے ہیں) کی مرمت کر کے چلی آرہی ہیں۔ قصور یہ تھا کہ اُس نے

ابھی تک تو اکیوں نہیں مانجھا تھا۔ بوی ان کے عتاب اور غصہ کی وجہ سے تھر تھر کانپ رہا ہے یہاں تک کہ توا اس کے ہاتھ سے پھسل کر گر گیا ہے اور گر کر اُس نے بھی ڈر کے مارے کانپنا شروع کر دیا۔

رآدھا بائی ہمارے گھر میں کھانا پکانے پر نوکر یا یوں کہنا زیادہ دُرست ہوگا کہ چار سال ہوئے یہ ہمارے گھر کا کھانا پکانے پر مامور ہوئی تھی۔ مگر جلد ہی اُس نے اپنی قابلیت یا ہمارے گھر والوں کی ناقابلیت اور شرافت سے ناجائز فائدہ اٹھا کر اس گھر کی عنانِ حکومت ہٹلر کی طرح اپنے ہاتھ میں لے لی۔ اسی لئے میں اُس کو رانی رآدھا بائی کہہ کر پکارتا ہوں۔ مگر وہ مجھ سے بہت ناراض ہیں اور ایک مدت سے انھوں نے میرے خلاف اعلان جنگ کر رکھا ہے۔ اس کی وجہ یہ ہے کہ جب میں گھر سے تین سال غائب رہ کر انگلستان سے واپس آیا تو گھر میں ایک نمایاں تبدیلی یعنی رآدھا بائی کی رنگیلی شخصیت نظر آئی۔ گھر میں ان کا دور دورہ تھا۔ ہر شخص بوڑھا، بچہ، مرد، عورت، آقا، غلام اس کے عتاب سے خوف کھاتے تھے۔ انگلستان کی آزاد فضا سے آنے کے بعد مجھے ہمارے ہندوستان کی محکوم فضا نہایت واضح طور پر نظر آرہی تھی مگر اُس کو دُرست کرنے کے لئے ملک کے بہترین دماغ جدوجہد کر رہے تھے اس لئے مجھے گونہ تسلی تھی مگر خود ہمارے گھر میں رآدھا بائی کی حکومت کا سکہ اس استحکام سے بیٹھا ہوا تھا جیسے سفید کاغذ پر سیاہی سے لکھی ہوئی عبارت یا معشوق کو کھو کر ہندوستانی عاشق کا دل۔ میں نے آؤ دیکھا نہ تاؤ فوراً علم بغاوت بلند کر دیا۔

سب سے زیادہ جو چیز مجھے رادھا بائی کی ناپسند تھی وہ اس کی آواز تھی۔ اول تو اس کی آواز بہت موٹی اور بے سُری تھی دوسرے وہ آہستہ کبھی نہ بولتی تھی، تیسرے خدا نے اس کو بولنے میں ایسی روانی دی تھی جس کی تیزی ایسی ہی تھی جیسے بدکے ہوئے آہو یا چمکے ہوئے گھوڑے کی رفتار ہو۔
اگر کسی پاس بیٹھے ہوئے انسان سے بات کرتی تو ایسا معلوم ہوتا کہ مشین گن چل رہی ہے اور اگر اس کا مخاطب ذرا فاصلہ پر ہوتا تو ایسا سنائی دیتا جیسے بادل گرج رہے ہوں اور بجلی کڑک رہی ہو۔ میں شروع ہی سے خاموشی پسند انسان تھا۔ مگر انگلستان جا کر مجھے خاموشی اور سکون سے خاص طور پر انس ہو گیا تھا۔ عام طور پر انسان اپنے گھر میں چین اور اطمینان حاصل کرتا ہے مگر جب تک رادھا بائی گھر کے دالان کی رسوئی یا اس کے آس پاس چپکی رہتی ایک ہنگامہ مچا رہتا۔ چنانچہ میں نے رادھا بائی سے نہایت شریفانہ طریقہ سے درخواست کی کہ وہ کم بولا کرے اور جب بولے تو آہستہ بولا کرے کیونکہ گھر کے سب افراد میں سے ایک بھی ایسا نہ تھا جو بہرہ ہو۔ میں نے اپنی بات کو موثر کرنے کی خاطر اسے سمجھایا کہ زور سے بولنا بدتہذیبی میں داخل ہے۔ اخلاق یہی سکھاتا ہے کہ آہستہ بولا جائے۔ اور خدا نے بھی انسان کے دو کان اور ایک زبان اسی لئے بنائی ہے کہ وہ بولے کم اور سنے زیادہ ---
چند لحوں تک رادھا بائی خاموش رہی۔ میں نے سوچا الخاموشی نیم رضا اور عورت کبھی اپنے منہ سے "ہاں" نہیں کہتی۔ چلو یہ معاملہ بھی آسانی سے رفع دفع ہو گیا میں واپس ہوا اور اپنے کمرے کی طرف چل دیا جہاں ایک دلچسپ کتاب پڑھتے

ہوئے رآدھا بائی کے نعروں نے مجھے وعظ کرنے پر مجبور کر دیا تھا میں نے کہا اب اطمینان سے پڑھ سکوں گا۔ مگر میں کمرے کے دروازے تک ہی پہونچا ہونگا کہ ایک شیطانی شور وغوغا بلند ہوا۔ ایسا معلوم ہوتا تھا کہ ہزاروں ریل گاڑیاں ایک دوسرے سے ٹکرا رہی ہوں یا کسی جنگل میں شیر اور ہاتھیوں کے درمیان جنگ چھڑ گئی ہو۔ میرا اندازہ غلط تھا۔ درحقیقت رآدھا بائی چند لمحوں تک اس لئے خاموش رہ گئی تھی۔ شاید حیرت میں غرق تھی کہ یہ کل کا چھوکرا اتنی جرأت کس طرح کر سکا تھا کہ اُس کے سامنے اپنی دونوں ٹانگوں پر کھڑے ہو کر پند و نصائح کا دفتر کھول دیا! جب اُس کی حیرت کم ہوئی تو اُس نے بغیر کسی کو مخاطب کئے گھر کے صحن میں کھڑے ہو کر بولنا شروع کر دیا تھا۔

"اب تو صاب بن گئے ہیں ناں ..... مجھ پر حکم چلانے آئے تھے کہ خاموش بیٹھی رہا کر۔ میں کیا کروں۔ اپنی زبان کاٹ ڈالوں؟ یا سوئی دھاگا لے کر منہ سی لوں؟ روٹی پکاتے وقت ہزار چیزوں کی ضرورت ہوتی ہے۔ مانگوں یا نہ مانگوں۔ مانگوں تو لاٹ صاحب کے لئے شور مچتا ہے' نہ مانگوں تو کھانا نہیں پک سکتا۔ ہر طرف سے میرا ہی مُنہ کالا ہوتا ہے۔ کیا کروں اماں بھی کچھ نہیں بولتیں غضب ہو گیا! کسی نے مجھ سے آج تک ایسا نہیں کہا کہ مُنہ میں گھنگھنیاں بھر کے بیٹھ جا۔ یہ ماٹی ملے نوکر بھی تو نہیں سُنتے۔ پچاس دفعہ بُلاتی ہوں تو ایک دفعہ جواب دیتے ہیں۔ میری تکدیر ہی بُری ہے۔ پرماتما بھی ایسا انیائے ہوتا دیکھ کر کیوں خاموش ہے۔ میں اس گھر میں نوکری نہیں کر سکتی۔ کام کرنے کو آئی تھی چپ سادھنے تھوڑا ہی آئی تھی ..... (اور پھر ماسٹر رحمت کے انداز میں) ہائے

زمین تو پھٹ جاتا کہ میں اس میں سما جاؤں۔"

یہ اُس معرکتہ الآرا تقریر کا تھوڑا سا حصّہ ہے جو مجھے یاد ہے ورنہ دراصل رادھا بائی متواتر پینتالیس منٹ تک بولتی رہی تھی اور تب تک بولتی رہی تھی جب تک کہ گھر کے سب لوگ اپنے اپنے حجروں سے باہر نہیں نکل آئے۔ گھر کی عورتوں نے اُسے سمجھایا۔ بعض اُس کے سامنے گڑگڑائیں اور اُسے چمکار پچکار کر نوکری نہ چھوڑنے کا وعدہ لیا۔ مجھے سب نے بُرا بھلا کہا۔ مجھ پر پھبتیاں اُڑائیں کہ میں تو بالکل انگریز بن گیا تھا اور بعضوں نے یہاں تک کہہ دیا کہ "تم کو چاہئے کہ میم بیاہ لو اور ایک گھر کسی جنگل میں بنا کر رہو۔ نہ رہیگا بانس نہ بجے گی بانسری۔" میں نے سب کے ہاتھ جوڑے اور یہ کہہ کر گلو خلاصی کروائی کہ اصل میں میں ہی پاگل ہو گیا ہوں جو رادھا بائی کی کوئل کی طرح پیاری پیاری آواز مجھے دل خراش اور بُری معلوم ہوتی ہے۔

اُس دن سے رادھا بائی میری نظروں میں اور حقیقتاً رانی ادھا بائی بن گئی ہے۔ اور اُسی دن سے وہ مجھے اپنی حکومت میں روڑا سمجھتی ہے۔ اور مجھ سے ناراض ہے اور میری ہر ایک عادت کو بُری عادت سمجھتی ہے۔ میرے پسند کی ہر ایک چیز سے نفرت کرتی ہے اور میری ہر ایک بات کو لغو اور واہیات گردانتی ہے۔ چونکہ اس کا راج ہے اس لئے میں زیادہ سے زیادہ شکوہ کر سکتا ہوں اور وہ بھی اُس سے نہیں اور نہ ہی گردہ اوس سے بلکہ ونسٹن چرچل کی طرح دُنیا سے کہ وہ میری حالت دیکھئے، مجھ پر رحم کھائے اور عبرت حاصل کرے۔

میری سمجھ میں نہیں آتا کہ اس میں وہ کونسی ایسی خوبی ہے جس نے سب گھرانے کو موہ لیا ہے اور میرے تمام اقارب و معاونین کو میرے خلاف کر دیا ہے۔ شاید اُس کے جسم میں کوئی جاذبیت ہو جو مجھے نظر نہیں آتی۔ میں اس ساحرہ کا حُلیہ بیان کئے دیتا ہوں۔ چہرے کی رنگت کا ذکر تو پہلے ہی کر چکا ہوں، مُنہ کی ساخت بھی عجیب ہے۔ پتلا سا مُنہ چوہیا کی طرح ہے جس میں سُرخ آنکھیں انگاروں کی طرح دہکتی رہتی ہیں۔ بال مُنہ کی رنگت اور چمک سے ملتے جُلتے ہیں اس لئے نمایاں طور پر نظر نہیں آتے۔ قد عام ہندوستانی عورتوں کی طرح ہے مگر جسم بہت دُبلا پتلا۔ ہمیشہ ہلکے گلابی رنگ یا طوطے کے رنگ کی ساڑی پہنے رہتی ہے۔ میں آرٹسٹ یا مصوّر نہیں ہوں جو ان رنگوں کی موزونیت یا غیر موزونیت پر بحث کر سکوں مگر ظاہر ہے کہ رادھا بائی کے چہرے پر ان رنگوں کی ساڑھی پھبتی نہیں۔ عورت ہمیشہ اس بات کا خیال رکھتی ہے کہ وہ ایسا رنگ پہنے جو اس کو سجے۔ میں اکثر سوچتا رہتا ہوں کہ کیوں رادھا بائی ایسے ہلکے رنگوں میں ملبوس رہتی ہے۔ ایک طرح سے اچھا ہی کرتی ہے جو ہلکے رنگ کی ساڑھی پہنتی ہے کیونکہ اگر یہ کبھی گہرے جامنی رنگ کی ساڑھی پہن کر نکل آئے تو دُور سے دیکھنے والوں کو ایسا معلوم ہو کہ برہنہ چلی آ رہی ہے۔ یہ بھی ممکن ہے کہ وہ جوان نظر آنا چاہتی ہو کیونکہ اس کی عمر بتانا بہت مشکل ہے۔ چہرے سے تو کچھ معلوم ہی نہیں ہو سکتا لیکن میں سمجھتا ہوں کہ پینتیس اور پینتالیس کے درمیان کہیں ہوگی۔ وہ ہاتھوں میں کثرت سے چوڑیاں پہنتی ہے اور پاؤں میں ایسے چھلّے اور کڑے جو چلنے سے

گھنٹیوں کی طرح بجتے ہیں۔ چنانچہ جب وہ نہ بولتے ہوئے چل رہی ہو (ایسا ہفتے عشرے میں کبھی ہو جاتا ہے) تو ایسا سنائی دیتا ہے جیسے کسی صحرا میں اونٹوں کا قافلہ جا رہا ہو۔ مگر جب بولتے ہوئے چل رہی ہو (جیسا اکثر ہوتا ہے تو اس کے کڑوں اور چھلوں سے پیدا ہونے والی آواز نقار خانے میں طوطی کی آواز کی طرح غرق ہو جاتی ہے۔

رانی رادھا بائی بنارس میں پیدا ہوئی تھی۔ وہیں پلی اور جوان ہوئی اور اُسی مقدس شہر میں اس کی شادی ہوئی تھی۔ مگر سُنتے ہیں کہ شادی کے ایک سال بعد اس کا شوہر پاگل ہو گیا تھا اور شہر چھوڑ ایک دن ایسا غائب ہوا کہ آج تک اس کا پتہ نہیں چلا۔ مجھے رادھا بائی کے شوہر سے بہت ہمدردی ہے۔ ایسی عورت کا شوہر اگر پاگل ہو جائے تو کوئی تعجب کی بات نہیں۔ تعجب تو مجھے تب ہوتا اگر وہ پاگل نہ ہو جاتا۔ میرا اپنا خیال یہ ہے کہ درحقیقت وہ پاگل نہ ہوا ہوگا بلکہ اپنی جان چھڑانے اور آزادی حاصل کرنے کی غرض سے اُس نے پاگلوں کا سا ایکٹنگ کیا ہوگا۔ بہر حال واقعہ کچھ بھی ہو رادھا بائی اپنے شوہر اور وہ رادھا بائی سے آزاد ہو چکا ہے۔

یہ تو معلوم نہیں کہ شوہر کے آزاد ہو جانے کے بعد جوان رادھا بائی نے شباب کا کیا ہوا مگر جب سے اُس نے ہمارے گھر میں سکونت اختیار کی ہے اس کے جنسی احساسات اور اُمنگوں کا کچھ پتہ چلا ہے۔ ہمارے گھر میں جہاں اور نوکر ہیں وہاں ایک ڈرائیور بھی ہے سُنا جاتا ہے کہ رادھا بائی نے اس کو بالکل اپنے قابو میں کر لیا ہے۔

ان دونوں کی شادی تو ابھی نہیں ہوئی مگر شادی کے بعد جو رشتے اور ذمہ داریاں میاں بیوی کے درمیان پیدا ہو جاتی ہیں وہ اُن کے تعلقات سے عیاں ہیں۔ مثلاً ڈرائیور ہمیشہ درد کمر کی شکایت کرتا ہے۔ تنخواہ ملنے پر رادھا بائی کے لئے چوڑیاں، کنگھی، تیل، صابن وغیرہ لا کر دیتا ہے۔ بطرف دیگر رادھا بائی ڈرائیور کا کھانا خاص احتیاط سے پکاتی ہے۔ جو گھی ہمارے سالن اور روٹیوں کے لئے ملتا ہے اُس کا بیشتر حصہ ڈرائیور کے پراٹھوں میں جذب ہو جاتا ہے۔ یہ خود کھانا لے جاتی ہے اور سامنے بیٹھ کر محبت سے کھلاتی ہے اور اس کے کھا لینے کے بعد کہیں خود کھاتی ہے۔ کیوں نہ ہو بڑے سلیقے والی ہے۔ مگر معلوم ہوتا ہے کہ ڈرائیور پر بھی رادھا بائی کے خاوند والا اثر ہونا شروع ہو گیا ہے۔ اپنی بہن کی شادی کی وجہ بتلا کر اس نے ایک ماہ کی چھٹی لی تھی۔ ڈیڑھ مہینہ ہو چکا ہے مگر اس کا پتہ نہیں۔ شاید رادھا بائی کے شوہر کی تلاش کر رہا ہے۔

ہمارے گھر کے اکثر لوگ اور خاص طور پر میں مرچ سے ایسا بھاگتے ہیں جیسے لاحول سے شیطان یا ایثار سے انگریز عورت۔ اس لئے میں نے رادھا بائی سے کئی مرتبہ درخواست کی کہ وہ سالنوں میں مرچ نہ ڈالا کرے۔ مگر جس کام کرنے کو میں منع کروں اُسے بھلا رادھا بائی کیونکر نہ کرے۔ وہ مرچ ڈالتی ہے اور زیادہ ڈالتی ہے۔ ایک دفعہ مجھے سخت طیش آیا اپنے گھر والوں پر جنہوں نے اس منحوس کو نوکر رکھا تھا۔ مرچ کھا کھا کر میری حالت ناگفتہ بہ ہو رہی تھی۔ میں نے گھر والوں سے صاف طور پر کہدیا کہ یا تو سالنوں میں

مرچ نہ ہوا کرے یا میں گھر سے نکل جاؤں گا اور کسی نانبائی کے ہاں نوکری کروں گا تاکہ مرضی کے مطابق دو نوالے کھانا تو نصیب ہوں۔ اس پر گھر والوں نے محسوس کیا کہ حالت واقعی نازک ہو گئی ہے، انھوں نے رادھابائی کو ڈانٹنے کی کوشش کرتے ہوئے تاکید کی کہ آئندہ سے سالنوں میں ہرگز ہرگز مرچ نہ ڈالے۔ رادھابائی نے اس شام سب سالنوں میں نمک اور ہلدی تک نہ ڈالی۔ اور جب کھانے پہ شکایت کا طوفان مچا تو اس نے گرج کر کہا کہ "خود ہی کہتے ہیں کہ مرچ نہ ڈالو اور پھر شکایت کرتے ہیں کہ سالن پھیکے ہیں" اس دن کے بعد سے اب مرچ کی شکایت کوئی نہیں کرتا۔

ع۔ مرچیاں اتنی کھپیں مجھ میں کہ شکر ہو گئیں

رانی رادھابائی کی عادتوں میں سے ایک یہ بھی ہے کہ وہ صبح سویرے اٹھتی ہے اور نہا دھو کر اپنی دن بھر کی تقاریر کے لئے تیار ہو جاتی ہے۔ اِدھر آفتاب اس کے ڈر سے کانپتا ہوا نکلتا ہے اور ساتھ ہی رادھابائی کی گرج سب گھر والوں کے لئے یہ پیغام لاتی ہے۔

نہ بیکار چادر میں منہ کو چھپاؤ عبث اپنے کانوں کو تم نہ دباؤ
اگر چین چاہتے ہو گھر چھوڑ جاؤ نہیں تو زبان پر گلہ تم نہ لاؤ
اٹھو سونے والو میں چلا رہی ہوں

سب گھرانہ بیدار ہو جاتا ہے بچارا کتا جو ساری رات چوکیداری کا فرض ادا کرکے اونگھ رہا ہوتا ہے وہ بھی کان پھڑپھڑا کر جیسے شیطان کو جھٹک رہا ہے ایک جگہ سے اٹھ کر دوسری جگہ لیٹ کر سونے کی

ناکام کوشش کرتا ہے۔ میں رادھا بائی کے لئے یہ دعا کرتا ہوا کہ اُسے سکتہ ہو جائے اُٹھ بیٹھتا ہوں اور تکیوں کو پلنگ پر دس میں دفعہ پٹکتا ہوں۔ آنکھوں سے شرارے نکالتا ہوں۔ ایک آدھ گالی بھی دبی زبان سے اُگل دیتا ہوں مگر "قہر درویش بر جان درویش" اُٹھنا ہی پڑتا ہے۔ اُس کی صبح کی دھاڑوں سے اگر کوئی شخص خوش ہے تو وہ ساتھ والے گھر کا کلرک ہے جس کو ہر صبح سات بجے دفتر میں پہونچ کر صاحب کے لئے دس بجے سے پہلے دس صفحے ٹائپ کرنے ہوتے ہیں۔ وہ اکثر میرا شکریہ ادا کرتا ہے کہ ہماری نوکرانی کی وجہ سے اُس کا حاکم اُس پر خوش رہتا ہے۔ مگر وہ بچارا کیا جانے کہ ہم پر دن بھر کیا گذرتی ہے۔ وہ تو ساڑھے چھ بجے رات کا بنایا ہوا ناشتہ اور کھانا یکمشت کھا کر سات بجے دفتر پہونچ جاتا ہے۔ اِدھر ہماری شامت آجاتی ہے۔

"گھر میں لکڑیاں نہیں ہیں، پھر نہ کہنا روٹی نہیں پکی۔ بڑی بہو نے ابھی تک غلّہ نکال کر نہیں دیا پھر نہ کہنا دال میں کنکرے ہیں۔ سارا گھر اس طرح دوپہر تک سوتا رہے گا تو رسوئی کس طرح تیار ہوگی۔ ارے بھوی موئے تیری صورت کو انگار لگو۔ تیرے سر پر راکھ پڑو۔ تیرے منہ میں مٹی پڑو ابھی تک مُوا پڑا خرّاٹے لے رہا ہے۔ چل اُٹھ رات کے پڑے برتن مانجھ نہیں تو کھود کے گاڑ دوں گی۔ رسوئی دھو نہیں تو ٹانگیں کاٹ کے بلی کو کھلا دوں گی۔ انگیٹھی میں کوئلے ڈال نہیں تو سر پھوڑ دوں گی۔ بالٹی میں پانی بھر نہیں تو....."

یہ لامتناہی سلسلہ رات کے اُس وقت تک جاری رہتا ہے جب تک رانی رادھا بائی بول بول کر تھک نہیں جاتی اور پھر ڈرائیور کے کمرے میں

(جب تک وہ چھٹی لے کر غائب نہیں ہو گیا، اندر سے دروازہ بند کرکے سو نہیں جاتی۔ صبح سے شام تک گھر مچھلیاں بیچنے کی منڈی یا کسی تھیٹر کا سٹیج معلوم ہوتا ہے جہاں ایک ہی ایکٹر اپنا پارٹ یاد کرنے کی مشق کر رہا ہو۔ رآدھا بائی کی وجہ سے گھر میں ہزاروں جھگڑے ہو چکے ہیں۔ باری باری ہر ایک شخص گھر چھوڑ دینے، ڈوب کر مر جانے، افیون کھا لینے یا گرم سیسہ کانوں میں ڈال کر بہرہ ہو جانے کی دھمکیاں دے چکا ہے۔ مگر ابھی تک کسی کو اس بات کا خیال نہیں آسکا کہ آپس میں لڑنے کے بجائے فساد کی جڑ کو دُور کرنے کی کوشش کیوں نہ کی جائے۔ میں اُسی گھڑی کے انتظار میں ابھی تک زندہ ہوں جب رآدھا بائی آخری نعرہ مار کر اپنی ہستی کو اپنی آواز کے ساتھ کسی دوسری جگہ لے جائے گی۔

ہمارا درزی

یہ لو سامنے سے وہی چلا آرہا ہے۔ چہرے سے
پریشانی اور پسینہ ٹپک رہا ہے ٹانگیں اور لب دونوں حرکت
کر رہے ہیں لیکن آواز کسی سے بھی پیدا نہیں ہو رہی ہے اس کی
وجہ یہ ہے کہ ہمارا درزی ربر ٹائیر کے تلے کی چپل پاؤں میں پہنتا
ہے اور گاہک کے گھر داخل ہونے سے پیشتر دل ہی دل میں لیکن
ہونٹ ہلاتے ہوئے کپڑے دیر سے لانے کی وجہ جن الفاظ میں
ادا کرنی ہو ان کی مشق کر لیتا ہے۔ درحقیقت بہانہ تلاشی اِس کا
اصل پیشہ ہے اور کپڑے سینا محض شغل۔ سر پر لمبے لمبے گھنے بال ہیں
جن کو وہ اپنے گاہکوں کی طرح ہمیشہ پریشان رکھتا ہے۔ چہرے پر
چھوٹی چھوٹی موچھیں بالکل ہٹلر کی موچھوں کی وضع کی جو داڑھی
کی طرف اس کی عدم توجہی کی وجہ سے چہرے کے بالوں سے مل جانے
کی کوشش کرتی ہوئی نظر آتی ہیں۔ اس کی آنکھیں بڑی بڑی مگر اندر کو

دھنسی ہوئی ہیں اور ان کے گرد سیاہی اور سلوٹوں کے ہلے پیدا ہو گئے ہیں۔ جب یہ بولتا ہے تو اس کی موچھیں عجب انداز سے حرکت کرتی ہیں اور اس کے ساتھ ساتھ آنکھوں کی پتلیاں گول دائرے بناتی ہیں۔ حق تو یہ ہے کہ اس کی آنکھوں کی گہرائیوں کا پتہ لگانا ناممکن ہے۔ کپڑا سلنے کے لئے دیتے وقت ان متحرک موچھوں اور گہری آنکھوں کو دیکھ کر میرے دل میں ویسی ہی دہشت طاری ہو جاتی ہے جیسی ہٹلر کو دیکھ کر جرمنی کے یہودیوں کے دلوں میں پیدا ہو جاتی تھی فرق صرف اتنا ہے کہ ہٹلر کے ظلم و تشدد کا دور چند سالہ رہا لیکن اس درزی کے ستم کا خوف میرے لئے لازوال اور ابدی ہے۔

یہ ہمارا خاندانی درزی ہے پشتوں سے اس کے آباو اجداد ہمارے خاندان کے اراکین کو دھوکہ دیتے آئے ہیں۔ ہمارے خاندان کی نئی پود اس کی صورت سے بیزار ہے لیکن کیا کیا جائے کہ بزرگوں کے نقش قدم پر چلنا ہر ہندوستانی کا مذہب ہے رواج پر مرمٹنا ہمارا شیوہ، اور پرانی روایات کو قائم رکھنا ہمارا جوہر۔ اس لئے نہ یہ درزی ہمارا پیچھا چھوڑتا ہے اور نہ ہم اس سے دست بردار ہو جانے کی کوشش کر سکتے ہیں۔ کیا کریں مجبور ہیں قسمت پر شاکر اور راضی برضا کے عقیدے پر عمل پیرا!

آج پورے چار مہینے کے بعد اس نے اپنی صورت دکھائی ہے کچھ کپڑے سینے کے لئے گیا تھا اور پندرہ دن میں

سی کر لانے کا وعدہ کر گیا تھا لیکن پندرہ دن کے بجائے ایک سو بیس دن کے بعد آیا ہے۔ اس دوران میں یہ کہاں رہا اور کیا کرتا رہا۔ اس کا علم صرف خدا ہی کو ہو سکتا ہے۔ اس کی نقل و حرکت کا پتہ رکھنا خدا کے بندوں کے بس کی بات نہیں۔ اس دورِ حاضرہ میں چار ماہ کا عرصہ کوئی معمولی وقت نہیں۔ اس میں کئی حکومتیں مٹ گئیں، کئی محکوم علاقے آزاد ہو گئے کئی نئی ایکٹرسین پردہ سیمن پر اتر آئیں اور ہمارے خاندان کی عورتوں نے جس وضع کے جمپر سلنے کے لئے دئے تھے وہ اب رائج نہیں رہے کیونکہ چار ماہ کے اندر اندر فیشن بدل چکا ہے۔ اس کے علاوہ ان میں سے بہت سی ہندوستان کی عام بیماری میں مبتلا ہیں یعنی ایک بچہ گود میں ہے تو کم از کم ایک پیٹ میں اور بعض ایسی بھی ہیں جنھوں نے ڈھیلے ڈھالے جمپر اس لئے سلنے دئے تھے کہ حمل کے آخری تین چار ماہ میں پہننے کے کام آئیں گے۔ وہ بچاری بچہ پیدا کر کے اب پھر اپنی طبعی حالت میں پہنچ گئی ہیں اس لئے درزی جو کپڑے گھر کی عورتوں کے لئے سی کر لایا ہے وہ اُن کے لئے بیکار ہیں۔ یہی حال بچوں کے کپڑوں کا بھی ہے۔ ان میں سے بعض بڑے ہو گئے ہیں اور بعض مر کھپ چکے ہیں۔ اور میرا اپنا یہ حال ہے کہ زندگی کی دوسری مصیبتوں کا مقابلہ کرتے ہوئے مجھے مطلق یاد نہیں خود میں نے کون سے کپڑے سلنے دئے تھے!

اس زمانے میں اگر کوئی کام انجام پاتا ہے تو "پیروی"

سے اس لئے آپ پوچھینگے کہ آخراس درزی سے کپڑا جلدی حاصل کرنے کے لئے پیروی کیوں نہیں کی جاتی ؟ اس بارے میں عرض ہے کہ ایک انسان کس کس چیز کے لئے اور کہاں کہاں پیروی کرے اول تو کالج میں شریک ہونے کے لئے پیروی کرنی پڑی تھی۔ پھر ملازمت حاصل کرنے کے لئے اتنی پیروی کر ڈالی تھی کہ پیروں پر کھڑے رہنے کی طاقت باقی نہ رہی۔ آخر ملازمت حاصل کرنے کے بعد سے اب تک اس پیروی میں مشغول ہیں کہ مشکل سے حاصل کی ہوئی ملازمت کہیں چھن نہ جائے۔ اس کے ساتھ ساتھ بہتر گریڈ پانے کے لئے پیروی بہر حال جاری ہے۔ اس دوران میں بیوی حاصل کرنے کے لئے بھی کافی پیروی کی اور ہماری انتہائی کوشش اس ضمن میں یہ رہی کہ کوئی ایسی بیوی دستیاب ہو جائے جو اپنے ساتھ جہیز میں ایسی برکتیں لائے کہ شادی کے بعد ہمارے لئے سارے پیروی سسر صاحب ہی کر لیا کریں اور ہم پیروی کی اپنی تمام تر توجہات بیوی کی طرف منتقل کر دیں۔ لیکن حسب معمول ہمیں اس میں بھی کامیابی نہ ہوئی کیونکہ ہمارے بزرگوار سسر صاحب مرحوم نکلے (خدا اُن کی روح کو چین نصیب کرے) اور اس طرح شادی کے بعد ہماری پیروی کرنے کی مصروفیات بجائے گھٹنے کے بڑھ گئیں۔ اس پر بھی میں نے درزی والے معاملے کو بالکل ہی نظر انداز نہیں کیا۔ درحقیقت ہمارا درزی شہر سے بہت

دُور رہتا ہے۔ آس پاس کے لوگوں کے وہ کپڑے نہیں سیتا بلکہ دور دراز کے مقامات کے گاہک پہچانتا ہے تاکہ اس کے چین میں خلل نہ آنے پائے۔ ایک مرتبہ جب درزی حسب پروگرام کپڑے لے کر غائب ہوگیا تو میں نے اس کے گھر کا پتہ بڑی مشکل سے دریافت کرکے وہاں تک جانے کا سفر اختیار کیا۔ سات میل کی مسافت طے کرکے جب میں اس کے مکان پر پہنچا تو اس کے پرانے گھر کے بوسیدہ دروازے میں نہایت مضبوط تالا پڑا ہوا تھا۔ اس کے پڑوسیوں سے دریافت کرنے پر معلوم ہوا کہ درزی ایک نہایت پُراسرار شخصیت کا مالک ہے، اس کے بھید بنا رہے، اس کی نقل وحرکت پوشیدہ — اس حد تک تو وہ بچارے جانتے تھے۔ لیکن مجھے یہ بھی معلوم ہے کہ اس درزی کے وعدے جُھوٹے، کپڑوں کی کاٹ عجیب، سلائی عجیب تر اور کپڑے کھانے کی ترکیبیں انوکھی ہیں۔ خیر اس دن میں شام کے پانچ بجے سے لیکر رات کے نو بجے تک اس کے دروازے پر پہرہ دیتا رہا اور ساڑھے دس کے قریب تھکا ماندہ گھر پہنچا اور کھانا زہر مار کرکے سُو رہا۔ اُس رات کی تکان سے درزی کی کھوج لگانے کا میرا ارادہ مصمم ہوگیا چنانچہ تین دن تک مسلسل میں دفتر سے واپس آتے ہی درزی کے گھر کا رُخ کرتا اور وہاں رات کے دس گیارہ اور بارہ بجے تک کھڑا رہتا لیکن وہاں وہی کیفیت نظر آتی یعنی پُرانے گھر کے بوسیدہ دروازے میں مضبوط آہنی تالا اور

کی سی خاموشی۔ آخری رات جب میں رات کے ڈیڑھ بجے پہرہ دینے والے سپاہیوں کو اپنے چور نہ ہونے کا ثبوت بمشکل بہم پہنچاتے ہوئے نیم جان حالت میں گھر پہنچا تو والد بزرگوار نے ارشاد فرمایا کہ تم آوارہ ہو گئے ہو، درزی کی تلاش کا بہانہ کرتے اور نہ معلوم کہاں کہاں کی گرد چھانتے پھرتے ہو۔ باورچی نے الگ مُنہ پُھلا کر کھانا سامنے پٹکتے ہوئے اعلان کیا کہ اگر روز کھانا اتنی ہی دیر سے کھانے کا انداز رہا تو پھر اس کا استعفا حاضر ہے۔ اس کے بعد جب بیوی کو بات کرنے کا موقعہ ملا تو وہ بھی اپنے مخصوص انداز میں خوب برسیں۔ چودہ چودہ میل کی روزآنہ مسافت، درزی کے گھر کے سامنے چھ چھ گھنٹے چار دن تک بیٹھنے سے اور اس پر گھر والوں کی لعن و تشنیع سُن کر مجھے تو بخار سا آگیا۔ ہوش و حواس گم ہو گئے ہزیان کی کیفیت طاری ہو گئی گھر والے بتلاتے ہیں کہ بیہوشی کے عالم میں، مین نے درزی کے گھر، درزی کے گھر کی سڑک۔۔، درزی کے محلہ، درزی کی سلائی اور درزی کی منحوس صورت پر بار بار لعنت بھیجی تھی۔ اس دن کے بعد سے میں نے پھر کبھی قصد تلاشِ درزی میں جُوتا نہیں پہنا۔

آخر جب درزی اپنی مرضی سے کم از کم چار مہینے بعد آتا ہے تو قدرتی طور پر اس سے سوال کیا جاتا ہے کہ اتنا عرصہ کہاں رہا؟ کپڑے سینے میں اس قدر دیر کیوں ہوئی؟ ان سب سوالوں کے جواب میں ہمارا درزی اکثر یہ کہتا سُنا گیا ہے کہ "کیا کروں بڑی

مصیبت میں تھا۔ پہلے تو میری بیوی کے بھائی کی ساس کا انتقال ہو گیا
اس کے بعد مجھے اپنے بھائی کی بیوی کی بہن کی شادی میں شرکت کے لئے
جانا پڑا، پھر میری سوتیلی ماں کی اماں جان مر گئیں جس کے بعد میری
چچی کی بیٹی کے خاوند کے بھائی کے گھر بیٹا پیدا ہوا اور ابھی ان مصیبتوں
سے نجات نہ پائی تھی کہ میری بیوی کے سوتیلے باپ نے نئی شادی
کر لی۔ کچھ اسی قسم کے حالات تھے جن کی وجہ سے کپڑے جلدی نہ سی سکا
ورنہ میں نے تو سب کپڑوں پر پہلے ہی قینچی پھیر دی تھی"۔ کوئی عجب
نہیں کہ نہ آنے سے پہلے ہی وہ یہ سبق یاد کرتا ہوا آتا ہے۔!

یہ امر تو اب پایہ ثبوت کو پہنچ چکا ہے کہ اس درزی
کا خاندان نہایت وسیع ہے کیونکہ ہر مرتبہ نئے نئے رشتہ داروں کے
گھر اموات واقع ہو جانے شادی کی تقریب ہونے اور بچے پیدا
ہونے کی خبریں لاتا ہے اور اس کے خاندان کے جملہ افراد کی ایک
خصوصیت یہ ہے کہ موقعہ خواہ شادی کا ہو یا غمی کا ہو سب کے سب
مخمور ہو جاتے ہیں۔ اس عجیب و غریب طریقہ کا ایک نتیجہ یہ ہے کہ
ہمارا درزی بچپن ہی سے نشہ کرنے کا عادی ہے اور جب کبھی ہمارے
گھر آتا ہے تو اپنی عام حالت میں یعنی نشہ میں چور ہوتا ہے۔

اس کے کپڑے سینے کا انداز بھی انوکھا ہے یعنی آپ
اس کو ہزار سمجھائیں کہ قمیص اس طرح سینا کہ کالر کے بغیر ہو۔ گلے کی
پٹی زیادہ چوڑی نہ ہو آستین کے کف دوہرے ہوں بٹن سیپ کے لگانا

اور قمیض کی لمبائی چونتیس انچ رکھنا۔ یہ سب کچھ مان لے گا اور آپکی بتلائی ہوئی ہدایت کی خوبیاں بھی آپ کو بیان کر دے گا۔ لیکن جب چار ماہ کے بعد کپڑے سی کر لائیگا تو کالر والی قمیص پیش کرے گا جس کی آستین آدھی ہوگی۔ جس کی لمبائی ۲۵ انچ ہوگی اور بٹنوں کی جگہہ بھدے بھدے کاج کئے ہوں گے ظاہر ہے کہ آپ ایسی قمیض دیکھ کر مارے غصّے کے اُبل پڑینگے اور اس کو بُرا بھلا کہیں گے مگر آخر خاموش ہو جانا پڑے گا۔ درزی آپکے ناراض ہونے پر آپ کو بتلائیگا کہ آدھی آستین کی کالر والی قمیض کے کیا فائدے ہوتے ہیں مثلاً نکٹائی لگائی جا سکتی ہے۔ پتلون کے ساتھ بلا نکٹائی کے بھی پہنی جا سکتی ہے۔ کالر کو اونچا کر لینے سے گردن کو دھوپ نہیں لگتی۔ شیروانی کے اندر بھی اس کا استعمال ہو سکتا ہے۔ آدھی آستین ہونے سے بٹن لگانے کی زحمت گوارا نہیں کرنی پڑتی، جسم کو ہوا لگتی رہتی ہے، مُنہ ہاتھ دھوتے وقت آستین اوپر چڑھانی نہیں پڑتی، کھانا آسانی سے کھایا جا سکتا ہے، اس کے علاوہ جو قمیض لانبان میں کم ہو اس پر پتلون پہننے میں آسانی ہوتی ہے اور شیروانی کے نیچے تو بہر صورت اس کی لانبان نظر ہی نہیں آتی!!! کالر بھی یہ عجب ڈھب کے سیتا ہے۔ ہر ایک قمیض کا کالر جو اس کی قینچی کی زد میں آجاتا ہے نئی جدت کا حامل بن جاتا ہے اس طرح کہ کسی دو قمیضوں کے کالر ایک ہی قسم کے نہیں ہوتے اور ان کی کاٹ اکثر و بیشتر جمپروں کے

کالروں کی سی ہوتی ہے ان کو پہن کر یا تو آدمی شاعر کی قسم کا انسان معلوم ہوتا ہے یا گھٹیا قسم کا ایکٹر بہر حال اس کی سی ہوئی قمیض پہن کر کوئی معمولی قسم کا شریف آدمی ہونے کا دعویٰ نہیں کر سکتا۔

درزی کو دیکھتے ہی گھر کے بچے پکارتے ہوئے کہ "درزی آگیا۔ درزی آگیا" سارے گھر میں بھاگتے پھرتے ہیں۔ آن واحد میں درزی کے آنے کی خبر سارے گھر میں پھیل جاتی ہے۔ درزی میرے کمرے میں داخل ہو کر پہلے پسینہ پونچھتا ہے پھر رسمی گفتگو کے بعد گٹھڑی کھولتا ہے۔ زنانے کپڑے اندر بھیج دئے جاتے ہیں۔ میرے لئے جو کپڑے وہ سی کر لاتا ہے وہ مجھے بتلائے جاتے ہیں۔ پھر ارشاد ہوتا ہے کہ ان کو پہن کر دیکھ لیا جائے۔ اگر ان کپڑوں میں کوئی پتلون یا پائجامہ ہو تو اُس کو میرے سپرد کر کے درزی نہایت معصوم شکل بنا کر، ہاتھ باندھ کر اور دیوار کی طرف منہ پھیر کر کھڑا ہو جاتا گویا زبان حال سے یہ کہہ رہا ہو کہ "شرماؤ نہیں بے شک ننگے ہو جاؤ۔" پتلون وغیرہ پہننے کے لئے یہ کافی وقت دیتا ہے پھر رُخ پلٹ کر متوجہ ہوتا ہے اور کہتا ہے "کیا خوب فٹ ہوئی ہے۔" اگر میں کہوں کہ پتلون تنگ ہے تو وہ بتلاتا ہے کہ یہ کپڑا دھونے کے بعد کھلے گا اور اگر ڈھیلی ہو تو بہر صورت کپڑا دھونے کے بعد سکڑتا ہے۔ باقی رہے شکن وسلوٹین جو کپڑے پہننے پر نظر آئیں تو اُن کو وہ بالکل معمولی کہہ کر خارج کر دیتا ہے۔ جو دھلنے اور استری ہونے کے بعد ٹھیک ہو جائیں گے۔ کسی حال بھی وہ اپنے سیئے ہوئے

کپڑے میں نقص نکالنے نہیں دیتا۔

ایک مرتبہ میں نے اس کو ایک کپڑا سوٹ سینے کے لئے دیا اور متعدد مرتبہ ہدایت کی کہ کوٹ آج کل کے فیشن کے مطابق لمبا رکھا جائے اور اسی تناسب سے کوٹ کا کالر بھی لمبا ہو۔ کوٹ ڈبل بریسٹ قسم کا ہو اور پتلون کی موری ڈھیلی نہ ہو۔ غرض کہ درزی کپڑا لیکر چلا گیا اور مدت معینہ کے بعد آیا تو ڈبل بریسٹ اُوور کوٹ اور نیکر ہی کر کے آیا۔ جب میں نے حیرت سے پوچھا کہ یہ کیا تو کہنے لگا کہ آپ ہی نے تو لمبا کوٹ سینے کی ہدایت کی تھی اور لمبا کوٹ سینے کے بعد پتلون کے لئے چونکہ کپڑا کافی نہیں تھا اس لئے نیکر ہی سی ڈالی۔ میں نے سر پیٹ لیا اور وہ عجیب وغریب سوٹ اپنے باورچی کو دے دیا۔ جس کا استعمال وہ اس طرح کرتا ہے کہ نیکر کھانا پکاتے وقت پہنتا ہے اور کوٹ سینما جاتے وقت۔

غرض اس درزی کے ہتکنڈوں کو کہاں تک بیان کیا جائے۔ جو کپڑے برباد کر کے لاتا ہے وہ ہمارے سر تھونپ جاتا ہے اور کچھ اس طرح اپنا جال پھیلاتا ہے کہ جلتے ہوئے اور بھی بہت سے کپڑے تباہ کرنے کے لئے گٹھڑی میں باندھ لیتا ہے اور ہر مرتبہ جلد آنے کا وعدہ کرتے ہوئے پھر ایک مرتبہ غائب ہو جاتا ہے۔

اے میری محبوبہ!

نامہ بر جب یہ خط تم کو دیگا اس سے کہیں پہلے تمھارا عاشق نامراد
اس دنیا سے رفو چکر ہو چکا ہوگا!

تم کو افسوس ہوگا؟ شاید۔ البتہ تعجب ضرور ہوگا کیونکہ تم کبھی یہ باور نہ کرسکو گی کہ مجھ جیسا بے حیا انسان خودکشی کرنے پر کس طرح آمادہ ہوگیا۔ بے حیا میں بے شک ہوں، سچ پوچھو تو ہر ایک عاشق اسی طرح بے حیا ہوتا ہے جس طرح معشوق بے وفا، انگریز بنیا خصلت، ہندوستانی ریل سست اور قلی چُست۔ مجھے خود تعجب ہے کہ میں کس طرح اتنے عرصہ تک تمھاری بے وفائی، بدقسمتی کی وفاداری اور خدا کی فراموشی سے تنگ نہ آکر اِس سے پہلے ہی اس جہانِ فانی سے فنا نہ ہوگیا!!

ہاں امید، یہ امید ہی تھی جس نے مجھے اب تک زندہ رکھا۔

ہاں ہم پیدا ہی اُمید کے ماحول میں ہوئے تھے، والدین نے اُمید کی ہوگی کہ لڑکی ہوگی، دائی نے اس امید میں کہ زیادہ انعام ملے فوراً خبر دی ہوگی کہ لڑکا ہے،

ڈاکٹر نے امید کی ہو گی کہ ماں اور بچہ جلد ہی صحت مند ہو جائیں گے، پھر ماں باپ کے دلوں میں اس امید نے جگہ لی ہو گی کہ لڑکا بڑا ہو گا اور حسب معمول چاند سی دلہن بیاہ لائیگا، ڈپٹی کلکٹر نہیں تو ڈاکٹر یا بیرسٹر تو ضرور بنے گا یعنی ہونہار نکلے گا اور خاندان کا نام ایسا روشن کرے گا کہ یا تو دیکھنے والوں کی آنکھیں چکا چوند ہو جائیں اور یا ڈھونڈنے والوں کو چراغ لے کر تلاش کرنے پر بھی ایسی مثال نہ مل سکے۔ مگر جان من! ہم ایسے نکلے کہ جگہ جگہ سے نکال دیئے گئے۔ بچپنے میں رسوئی خانے سے، لڑکپن میں جماعت سے، کالج کے زمانے میں ریل گاڑیوں سے (بلا ٹکٹ سفر کرنے پر) پھر کوچہ جاناں سے، انٹرویو کے کمروں سے، معزز افسروں کے دفتروں سے، یہاں تک کہ اب خود اپنے آپ کو اس جہاں سے نکال رہے ہیں۔

تو اس طرح امید کے ماحول میں پیدا ہونے کے بعد بڑی امیدوں سے پالے گئے اور جب ہم دنیا سمجھنے لگے اور چاند سی دلہن آنے کے خیالات والدین کے دلوں میں پیدا ہونا شروع ہوئے تو اور امیدوں کے ساتھ ساتھ تم ہماری اُمید بن چکی تھیں ....

ماں باپ نے بہت کوششیں کیں کہ ہم ان کے لئے گھوڑے پر چڑھکر اور ننگی تلوار کاندھے پر رکھے چھوٹی بہو کو گھر لے آئیں مگر یہ کس طرح ہو سکتا تھا جبکہ ہم سائیکل پر چڑھے ہوئے اور ننگی تلوار کے بجائے بستہ بغل میں دبائے تمہاری ترچھی نگاہوں کے گھائل ہو گئے۔ اس لمبی چوڑی تشریح کا مطلب صرف اتنا ہے کہ ہم تمھارے عشق میں گرفتار ہو گئے، یعنی آزاد نہ رہے اور جب کوئی

انسان اپنی سدھ بدھ کھو بیٹھے تو وہ کس طرح اپنی زندگی میں کوئی شریک حیات بنا سکتا ہے؟

تم واقعی حسین ہو، میں نے اپنی مختصر سی زندگی میں بہت خوبرو دیکھے ہیں مگر تمہاری شان کسی میں نہیں پائی۔ شاید یہ کہنا ٹھیک ہوگا، ہماری نظروں میں کوئی نہیں جچا، مگر تم یہ سُن کر اترانا نہیں کیونکہ ہر ایک عاشق کی نظر میں صرف اس کا معشوق ہی خوبرو ہوتا ہے۔ یقین نہ آئے تو مجنوں کی روح سے پوچھ لو یا پھر ڈیوک آف ونڈرز کی رائے دریافت کرلو.........

مگر تم کہوگی کہ تمہارے چاہنے والے بہت ہیں اور اس طرح تم صرف مجھ ایک کی نظروں ہی میں خوبصورت نہیں بلکہ بہتوں کی، اور تمہارا یہ کہنا درست ہوگا۔ لیکن تمہاری اس دلیل کو اِس طرح رَد کیا جا سکتا ہے کہ جس سرزمین یا دھرتی کی تم پیداوار ہو وہ ہندوستان ہے، اور ہندوستان ایک ایسی جگہ ہے جہاں بیکاری شغل اتفاقی یا دھندہ تعطیل نہیں بلکہ نتیجہ مجبوری ہے، اس ملک کے اکثر سپوت بیکار رہنے پر مجبور ہیں، اور جہاں بیکاروں کی اکثریت ہو وہاں زمانہ بیکاری میں فرقہ واری فساد بپا کرنے یا پھر عاشق بن جانے کے سوا اور دھندا ہی کیا ہے.........

یہ ایک وجہ ہے جانِ من تمہارے عاشقوں کی تعداد زیادہ ہونے کی، اس کی دوسری وجہ یہ ہے کہ ہندوستانی سماج میں عورتوں

کو مردوں سے حتی الوسع دور رکھنے کی کوشش کی جاتی ہے' اس لئے ہر ایک ہندوستانی مرد چاہے وہ زاہد طبع ہو یا رندانہ مزاج' جب کسی عورت کی بُو سونگھ لیتا ہے تو اُس کے رگ وریشہ میں بجلی سی دوڑ جاتی ہے اور جسم کا ایک ایک بال اس طرح کھڑا ہو جاتا ہے جس طرح انگریز عہدہ دار کے آنے پر ہندوستانی ماتحت کلرک یا ''گوڈ سیو دی کنگ'' کا ترانہ بجنے پر وردی پوش ٹامی۔ ایسی صورت میں تم خود ہی بتاؤ تمہارے عاشق کیوں نہ زیادہ ہوں۔ ان عام وجوہات کے علاوہ تمہارے مقبول عام ہونے کی ایک خاص وجہ یہ ہے کہ تم اول درجہ کی ہرجائی ہو' تمہاری ہمیشہ یہ آرزو رہی ہے کہ تمہارے سب عاشق مجنوں کی طرح صادق ہوں مگر تم خود ایک زمانے کی جان بنی رہو' تمہاری یہ خصوصیت ہندوستانی عورت کا شیوہ نہیں ہے بلکہ غربی عورتوں کی وضعداری کا نمونہ' ان کی طرح تم یہ چاہتی ہو کہ اس دوروزہ زندگانی میں جس قدر پروانے تمہارے گرد منڈلائیں کم ہیں' ایسے ہی پروانوں میں سے ایک میں ہوں' جان دینے پر تُلا ہوا۔

موت!!!

کیسا بھیانک خیال ہے۔ اس کے آتے ہی میرے دل میں لرزہ سا پیدا ہو رہا ہے' میں نہیں سمجھ سکتا کہ مجھے خوف کس بات کا ہے' اب میں اس دل کو کس طرح سمجھاؤں کہ زندگی اور موت لازم و ملزوم ہیں۔ جو پیدا ہوتا ہے اُسے ایک دن مرنا ہی ہوگا۔ یہ وہ نکتہ ہے جو ہر ایک مذہبی مجلس میں سُننے والوں کے کانوں میں بار بار ڈالا جاتا ہے تاکہ موت کے

ڈر سے وہ بُرے کام چھوڑ خدا کی عبادت کریں اور مذہبی اداروں کی مالی رو۔ — تاکہ مذہبی پنڈتوں اور مجتہدین کو گناہ کرنے میں آسانی ہو!

مجھے موت سے کسی قسم کا ڈر نہیں ہونا چاہئے کیونکہ میں نے گناہ کئے ہی نہیں یا یوں کہنا درست ہوگا کہ گناہ کرنے کے مجھے مواقع ہی میسر نہیں ہوئے۔ مگر شاید میں موت سے نہیں گھبراتا بلکہ مرتکب خودکشی ہونے سے خوف کھا رہا ہوں۔ بے شک یہ ایک سنگین جرم ہے۔ انسان کے بنائے ہوئے قانون کے مطابق اگر اس کا ارتکاب کرتے ہوئے کوئی شخص پکڑا جائے تو اسے حبس دوام کی سزا دی جاتی ہے مگر ایک مرتبہ ارتکاب ہو جانے پر کوئی سزا نہیں دی جا سکتی۔ خدا کے دربا میں شاید سزا ملتی ہو، یقیناً ملتی ہوگی کیونکہ اس خدا کے پیدا کئے ہوئے کو اپنی طبعئی موت سے پہلے جان دے دینے کا کیا اختیار ہے؟

اس تشریح سے تو نہ ہی معلوم ہوتا ہے کہ میں خودکشی کرنے سے گھبرا رہا ہوں — مگر کیوں، کس لئے؟ میں خوب جانتا ہوں کہ موجود زندگی میں میرے لئے کوئی دلچسپی نہیں، عمدہ تعلیم حاصل کرنے کے باوجو بیکار ہوں، جو غذا گھر میں ملتی ہے اُسے کسی پالتو جانور کی طرح کھاجاتا ہوں، والدین کا شرمندہ احسان ہوں مگر کیا کروں کوئی ملازمت نہیں ملتی، کسی صنعتی کام کرنے کے قابل نہیں ہوں اور مزدوری کرنے کی جرات نہیں ہوسکتی، سماج کی نظروں میں میرا درجہ نجیبوں کا ہے، مزدوری کا کام نچلے طبقہ والوں کا ہے، چاہے فاقہ کشی ہی کیوں نہ کرنی پڑے اور وہی والدین

جن کے ضعیف کندھوں پر میں بار ڈالتا واجب ثابت ہو رہا ہوں کیا کہیں گے۔ یہی کہ اس عمر میں مزدوری کر کے تم نے برادری میں ہماری ناک کٹوا دی! یہی دنیا کا دستور ہے، ناک سلامت رہے۔ خواہ قرض کے نیچے دب کر انسان کی ہڈیاں کیوں نہ چور ہو جائیں!!

اسی بیکاری کے سلسلے میں تمہاری زُلفِ پُر پیچ میں جا پھنسا، اس سے چھٹکارا کیسے ہو سکتا ہے اور پھر بیکار آدمی چھٹکارا چاہتا ہی کب ہے، چنانچہ ہم اس میں خوب پھنسے اور پھنستے گئے، مگر غور سے دیکھنے پر انہی زلفوں کے دیگر پیچوں میں ہم نے اپنے جیسے، اپنے سے اچھے اور اپنے سے خراب اور بہت سے گرفتار دیکھے جب یہ راز ہم پر ظاہر ہوا تو اس مشغلے میں بھی دل نہیں لگا اور ہم نے بہت سوچ بچار کے بعد خود کو نیست و نابود کر دینے کا فیصلہ کر دیا۔ اور اب جبکہ اس ارادے کو تکمیل دینے کا وقت قریب آ پہنچا ہے تو دل نے ڈگمگانا شروع کر دیا.........

میں اپنے دل سے پھر پوچھتا ہوں کہ "میاں کس لئے ہے"

او ہو حضرت دل بولنے لگے ہیں۔ سُنیئے

"اے بیوقوف جوانمرد مجھے ہرگز معلوم نہ تھا کہ تو اس قدر شکستہ دل تو ہے" ــــ زندگی سے تو بیزار ہو گیا ہے، بے شک جس ماحول میں تو زندہ ہے وہ بہت پریشان کن ہے، انسان کی طبع کامیابی چاہتی ہے مگر کیا تو نے کبھی اس امر پر بھی غور کیا ہے کہ دنیا میں کتنے انسان کامیاب ہیں؟ کامیاب ظاہراً اور دُنیا کی نظروں میں نہیں بلکہ اپنے من کی آنکھوں میں

تو نے شیکسپیئر کے ڈرامے پڑھے ہیں، کیا تجھے یاد نہیں کہ۔

"وہ سر جو تاج پہنتا ہے پریشان رہتا ہے"

ذرا سوچ، تاجپوش سر بھی پریشان رہتا ہے اور تو بھی پریشان ہے۔ اس طرح اپنی اپنی من کی آنکھوں میں ہر دو ایک جیسے ہیں، ہیں یا نہیں؟ بطرف دیگر تجھ کو بہت سے ایسے گداگر اور فقیر ملیں گے جو اپنی اپنی کھالوں میں مست نظر آئیں گے۔ اس دنیا میں اچھا اور بُرا کچھ بھی نہیں جس نقطۂ نظر سے کسی معاملے پر غور کیا جائے وہ اسی طرح خیالات کے سانچے میں ڈھل جاتا ہے.......

کیا تو سمجھ رہا ہے میری باتوں کو؟ ——— مجھے تیری سمجھ پر اس لئے شک ہو رہا ہے کیونکہ زندگی کے متعلق تیرا نقطہ نظر غلط ہو گیا ہے۔ تو دراصل کسر نفسی کے چکر میں پھنس کر خود کو پہچان نہیں سکا۔ بیکاری نے تجھے عشق بازی پر مجبور کیا اور عشق بازی میں حسب معمول تجھے بھی مایوسی کا مُنہ دیکھنا پڑا ——— اور خودکشی پر اتر آیا.........

خودکشی! ——— دیوانہ کہیں کا، بیوقوف، گیدی، چغد، بزدل ...ہاں ہاں بزدل! بزدل!! بزدل!!! تو یقیناً بزدل ہے، کسی بھس بھرے تھیلے یا گیلے آٹے کی طرح، ریڑھ کی ہڈی کے بغیر اور موجودہ جنگ میں اطالوی بہادروں کے مانند ——— ذرا شرم کر، چند دشواریوں سے گھبرا کر جان دینے کی ٹھان رہا ہے.........

ارے پاگل زندگی نام ہے مشکلوں کا، اور مشکلوں کا سر توڑ مقابلہ کرنا ہی زندگی کا مقصد ہے ...... شرم آنی چاہیئے تجھے، یاد رکھ جو پھر کبھی قصد خودکشی کیا۔ تو سمجھتا ہے کہ دنیا میں تیرے لئے کوئی کام نہیں مگر یہ تیری بھول ہے۔ جب تو غور کرے گا تو تجھے معلوم ہوگا کہ تیری یہ چھوٹی سی زندگی تیرے کسی ایک کام کو بھی انجام دینے کے لئے کافی نہیں......

اور پھر بھول گیا تو اُن رس گلّوں کو جو تیرے معشوق کے گالوں سے زیادہ گول اور اس کے ہونٹوں سے زیادہ میٹھے ہوتے ہیں، اور بھنے ہوئے مُرغ کو جس کی لذت خستہ نان کے ساتھ ہزار برس اور جینے کا خیال پیدا کرتی ہے اور صبح کا وہ گرم گرم چاو کا پیالہ جس کے انتظار میں رات گزارنا مشکل ہو جاتا ہے۔ خبردار جو آئندہ خودکشی کا نام بھی لیا........"

اے میرے حسین گلاب کے پھول، سن لیا تونے میرے دل کی آواز کو ـــــ یہ آواز کانٹوں کی یاد دلاتی ہے۔ ممکن ہے ریڈیو کی آواز کی طرح اس میں بھی مبالغہ آرائی، شاعری، اور پروپیگنڈہ شامل ہو مگر باوجود اس کے میرا دماغ یہ سمجھتا ہے کہ اس میں حقیقت کے عناصر بھی بکثرت موجود ہیں اور میں جو اس سے قبل آمادہ خودکشی تھا اب اپنا ارادہ بدل چکا ہوں۔ مگر اب سوچنا یہ ہے کہ میری بیکار زندگی کو مشغول رکھنے کے لئے وہ کونسے ایسے کام ہو سکتے ہیں جنھیں میں کرنیکی کوشش شروع کروں اور بقول دل ختم نہ کر پاؤں؟

ایسے کام جنہیں انجام تک پہونچاتے ہوئے عمریں صرف ہو جائیں! کیا نہیں سوچ سکیں؟ سماج کے فضول روایات کے خلاف پرچار اور سوسائٹی کی بُری عادتوں کو مٹانے کی کوششیں ـــــ تو اب گویا میں پرچارک بن جاؤں گا راجہ رام موہن رائے یا مارٹن لیوتھر کی طرح۔ آنے والی نسلیں میرا نام عزت سے لیا کریں گی اور اگر کسی ادیب کے دل میں میری سوانحمری لکھنے کا شوق کود پڑا تو میرے ساتھ تمہارا نام بھی اجل تک زندہ رہنے کی اُمید کی جا سکتی ہے ورنہ تم کو ؎

کون پوچھے گا مِری جاں حُسن ڈھل جانے کے بعد

تم میری ان باتوں کو شیخی بہلاوا یا پھانسنے کی ترکیب نہ سمجھو، میں یقیناً جلد مشہور ہو جاؤں گا۔ لوگ مجھے دُور دُور سے دیکھنے آئیں گے، اور کبھی کبھار مجھے ریل کا سفر کرنے کا اتفاق ہوگا تو مجھے پھولوں کے ہار پہنائے جائیں گے، اخباروں میں میری تصویریں شائع ہوں گی۔ رپورٹر میرے خیالات حاصل کرنے کے لئے میرے گھر کا دروازہ کھٹکھٹایا کریں گے اور تم میری جان یہی چاہو گی کہ میرے ہو کر رہو اس لئے قبل اس کے کہ میں شہرت حاصل کر لوں اور پھر اپنے شرائط پیش کروں بہتر یہی ہوگا کہ تم ابھی سے میری بن جانے کی کوشش کرو اور غیروں سے قطع تعلق کر لو خصوصاً اس بڑی بڑی مونچھوں والے پٹیل اور پہلوان نما انسان سے جو پان اُگلتا ہوا تمہاری گلی میں یوں پھرا کرتا ہے جیسے پہرہ پر تھکا ہوا سنتری، بالکل ہی ترک کر دو، وہ مجھے ذرا بھی پسند نہیں،

نہ معلوم تم اس کی کونسی چیز پر پھسلتی ہو ـــــ اوہو تم ہنسنے لگیں، کیا اِس شہرت اور پرچارک والے معاملے پر؟ مگر یہ تمہاری بھول ہے، ہندوستانی سماج میں کئی ایسی خامیاں ہیں جن کو دُور کرنے کا بیڑا اٹھانے پر شہرت انسان کی لونڈی بن سکتی ہے۔ تم کو یقین نہیں آتا تو سُنو۔

جن اصلاحات پر میں زور دونگا اُن پر آج تک کسی ہندوستانی نے توجہ نہیں دی اس لئے وہ فوراً ہندوستانیوں کے دل و دماغ پر تسلط جمالیں گی سب سے پہلے ہندوستانیوں کو اپنے گھروں پر نظر ڈالنی ہوگی۔ ہندوستانی سماج خاندان کے اکٹھا رہنے کا شکار بن چکا ہے۔ خاندان کے تمام اراکین کے اکٹھا رہنے کا خیال شاید اس ابتدائی زمانے میں پیدا ہوا تھا جب انسانی زندگی خانہ بدوشانہ حیثیت رکھتی تھی۔ یہ وہ زمانہ تھا جب کسی خاندان کے تمام تر اراکین کا اکٹھا رہنا اس لئے ضروری تھا کہ تہذیب و تمدن ابھی پیدا نہ ہوا تھا۔ قانون، عدالت اور حکومت سے سب ناآشنا تھے۔ جو قانون اس زمانے میں تسلیم کیا جاتا تھا "وہ جس کی لاٹھی اس کی بھینس" کا تھا۔ خاندان میں مناقشے رہتے تھے اور دشمنوں اور رقیبوں کی مدافعت کے لئے خاندان کے سب افراد ایک ہی جگہ یعنی ایک ہی احاطہ میں مِل جُل کر رہتے تھے۔ بعد میں ہندوستانی تہذیب اور تمدن میں ارتقاء کے ساتھ ساتھ رسوم و رواجات میں ہزاروں تبدیلیاں ہوگئیں۔ خانہ بدوشی نے اپنی ہستی جو بدلی تو گاؤں اور شہر بس گئے مگر

ہمارے دیس میں ان تبدیلیوں کے باوجود خاندان کے ارکین کا ایک جگہ رہنے کا خیال نہیں بدل سکا۔ اس زمانے میں جبکہ پولیس، عدالت، قانون اور حکومت ہر فرد و بشر کی حفاظت کے لئے اپنے ہتھیار سنبھالنے مستعد ہیں، ہندوستانی ارکانِ خاندان پھر بھی ایک ہی گھر میں زندگی گزارتے ہیں، چاہے ان کی تعداد ان کے خاندان کے گھر کی مکانیت سے ہزار گنا بڑھ گئی ہو۔ چنانچہ ہوتا یہ ہے کہ گھر کے سب چھوٹے بڑے قطار باندھ کر سوتے ہیں، قطار باندھ کر کھاتے ہیں اور باری باری سے مکان ضعیف بیت الخلاء میں گرانباری اور آبشاری کرتے ہیں۔ اِس طریق رہائش کے نقصانات ظاہر ہیں۔

اوّل تو جگہ کم ہونے کی وجہ سے گھر گندگی کا پٹارہ بنا رہتا ہے۔ صفائی جس پر مغربی تہذیب لٹو ہے اور جس کو ہندوستانی ستائش کی نظروں سے دیکھتے ہیں، قائم نہیں رہ سکتی۔ گندہ رہنے کی وجہ سے گھر میں ایک اور رکن یعنی بیماری کا اضافہ ہوجاتا ہے — آج بڑی بہو بیمار ہے تو کل چھوٹا دیور، آج بھتیجے کے پیٹ میں درد ہے تو بھتیجے کا سر مسوڑوں کے پھوڑے سے کپا ہوا پڑا ہے۔ اس طرح گھر میں کوئی نہ کوئی ہمیشہ بیمار رہتا ہے۔

دوسری خرابی جو تمام کنبے کے اکٹھا رہنے سے پیدا ہو جاتی ہے وہ آزادی کی غیبت ہے۔ ہر ایک چھوٹا درجہ وار اپنے سے بڑوں کا محکوم رہتا ہے اور بدین وجہ سارے گھر میں غلامی کی فضا

پھیلی رہتی ہے۔ کیونکہ بزرگ خاندان بھی آزاد نہیں ہوتا ——— وہ ہر ہندوستانی کی طرح غیر ملکی حاکموں کا غلام ہے۔ ایسی فضا میں پرورش پا کر کوئی نوجوان کس طرح آزادانہ پر پھیلا کر اڑ سکتا ہے' خیالات پیدا ہونے سے قبل ہی مر جاتے ہیں اور اگر کسی رکن خاندان میں کسی نئے کام کے کرنے کا مادہ موجود بھی ہو تو اس کے نشوونما پانے کی کوئی صورت نہیں رہتی کیونکہ ہر رکن خاندان کا فرض ہے کہ پدر خاندان کے پیشہ کو ہی اختیار کرے۔

اس کے علاوہ میاں بیوی کی آزادی میں بھی خلل واقع ہوتا ہے۔ کیا یہ صریح ظلم نہیں ہے کہ ایک مرد اور عورت جن کو قانون' مذہب اور سماج میاں بیوی تسلیم کرتا ہو اپنی ازدواجی زندگی بسر کرنے کے لئے اس موقعہ کے منتظر رہیں کہ کب باقیماندہ افراد رات کے وقت نیند کی آغوش میں بے ہوش ہو جائیں اور کب وہ کسی چپہ بھر زمین پر نہایت غیر متحرک انداز سے کھسر پھسر شروع کر دیں؟ اس ماحول کا یہ نتیجہ نکلتا ہے کہ بیوی میاں کے لئے کسی قسم کی "جیون ساتھی" نہیں بن سکتی بلکہ رات کی خاموشی اور اندھیرے کی تاریکی میں بچے پیدا کرنے کی مشین بنکر رہ جاتی ہے اور میاں اپنی دلچسپی کے سامان بازار حسن میں خرید تا ہے۔ زر لٹاتا ہے اور نت نئی بیماریاں حاصل کر کے خاندان میں تحفتاً پھیلاتا ہے۔ چھوٹی بہو اس انتظار میں کہ کب بڑوں کی سرپرستی اور ہر جگہ اور ہر وقت کی موجودگی اس کے جوان سر سے اٹھے اور کب وہ میاں سے دن کے وقت دو باتیں کر سکے'

دادی بن جاتی ہے مگر سرپرستی اور موجودگی غیر موجود نہیں ہوتے۔ اس اثنا میں اس کے اپنے خیالات خواہ کچھ بھی ہوں اس کے پوتے کی ننھی منی سی دلہن کے لئے وہ خود ملک الموت سے کم حیثیت نہیں رکھتی۔ اس طرح یہ سلسلہ غیر فانی سا بن جاتا ہے!

ان کثیر التعداد برائیوں کے علاوہ کنبے کے ایک جگہ اجتماع کرنے سے بعض افرادِ خاندان گور تک پہنچنے کے وقت تک بھی روزی کمانے کی ذمہ داری محسوس نہیں کر پاتے۔ جو کچھ روکھا سوکھا مل جاتا ہے اُسے خاندان کی رسوئی سے حاصل کر کے بیکاری میں ہضم کرتے رہتے ہیں۔ اور گھر کے فرش کا جو کونہ ان کے لئے وقف کر دیا جاتا ہے اس پر چادر تانے، مچھروں کے حملوں سے محفوظ، رات بسر کر ڈالتے ہیں۔

جانِ من یہی وجہ ہے کہ میں نے اب تک تم کو آغوشِ زوجیت میں لینے کی خاطر فرہاد کے طریقہ سے آسان یعنی مجنونانہ یعنی اغوایانہ طریقہ اختیار نہیں کیا، آخر تمہیں گھر لا کر رکھتا کہاں؟ یہ وہ مسئلہ ہے جس پر ہر ہندوستانی کو غور کرنا چاہئے، غربت اور بیکاری کے عذر فضول ہیں۔ ہر ایک مرد کو اپنے پاؤں پر کھڑے ہونے کی کوشش کرنا چاہئے، اور شادی اس وقت تک نہ کرنی چاہئے جب تک ایک علیحدہ جھونپڑا از دواجی زندگی بسر کرنے کے لئے میسر نہ ہو اگر ہر ایک ہندوستانی نوجوان اس خصوص میں جان توڑ کوشش کرے تو

بہت ممکن ہے کہ جلد ہی مذکورہ بالا برائیوں کی مدافعت ہو سکے۔

اس کے علاوہ میں ہندوستانی والدین کی توجہ ایک اور جانب رجوع کرنے کی کوشش کرونگا۔ وہ یہ کہ وہ اپنے بچوں کو مکان کی ہر ایک جگہ ہگنے پر کوڑے لگائیں اور خاص طور پر اپنے بچوں کو اپنے مکان کے عین سامنے گلی یا سڑک پر بسیاں، ڈھیر یعنے گپے نہ لگانے دیں۔ اگر وہ ایسا کریں تو انہیں خوب پیٹا جائے اور اگر بچوں کے والدین ایسی وارداتوں کی روک تھام کرنے میں حتی الوسع کوشش نہ کریں تو حکومت کی طرف سے ان کو اپنے بچوں کے ڈھیروں کے پاس کھڑا کر کے کوڑے لگائیں جائیں۔ خیال کرنے کی بات ہے کہ صدیوں سے یہ سنگین جرم دن دہاڑے ہوتا چلا آ رہا ہے، لوگ جانتے ہیں کہ اس کے وقوع سے گندگی، گندگی سے بیماری اور بیماری سے اموات ہونے کا اندیشہ ہوتا ہے مگر پھر بھی اس کے خلاف کوئی صدا بلند نہیں کرتا! کیا یہ امر باعث شرم نہیں ہے؟

یہ تو رہا بچوں کا جرم جس کے ذمہ دار بہر صورت بچوں کے والدین ہیں۔ مگر بچوں کے والدین بھی چوری چھپے اسی جرم کا ارتکاب کرنے سے دریغ نہیں کرتے نیز عقل و ہوش رکھنے والے مرد بلا سوچے سمجھے اپنے پڑوسیوں یا دیگر مخلوق کے مکانوں کی دیواروں کی اوٹ میں بیٹھ کر پیشاب کرتے ہوئے نہیں جھجکتے۔ آپ نے دیکھا ہوگا کہ اکثر ہندوستانی گھروں کی باہر کی دیواروں کی جڑیں سیلابی ہوئی اور خستہ حال

ہوتی ہیں۔اس کی وجہ وہی ہے کہ جو اوپر بیان کی جا چکی ہے۔ اس کا علاج مقامی بلدیوں یعنی میونسپلٹیوں کو پیشاب خانے بنا کر کرنا چاہیئے۔ مگر رونا تو اس بات کا ہے کہ جہاں پیشاب خانے موجود ہیں ان کے گرد و نواح کے مکانوں کی دیواریں بھی مذکورہ بالا خلاف تہذیب کارروائیوں کی وجہ سے کیڑا لگے ہوئے دانت کی طرح تباہ ہیں!

پھر میں دنیا کی توجہ ایک اور امر کی طرف مبذول کراؤنگا' اس طرح کھلم کھلا پیشاب کے سیلاب بہانا تہذیب کا خون کرنا ہے مگران نامعقول حضرات کے خلاف جہاد ہونا چاہیئے جو اس طرح آبشاری کرکے دائیں ہاتھ میں ناڑا تھامے اور بائیاں ہاتھ پاجامے میں ڈالے نہایت بے شرمی سے اور ایسی بے نیازی سے جیسے سب اندھے ہوں مٹی کے ڈھیلے یا سفال کے ٹکڑے سے سکھاتے ہوئے شارع عام میں ایک دو فرلانگ کی مسافت طے کر لیتے ہیں!!! آج تک ایسے نابکاروں کے خلاف کسی نے زبان نہیں ہلائی۔میرے کہنے کا مطلب یہ نہیں ہے کہ وہ ایسا نہ کیا کریں بلکہ یہ کہ اگر ایسا ہی کرنا ہو تو بیت الخلا و یا پیشاب خانے ہی میں تمام کارروائی ختم کرکے باہر نکلیں۔کیا بازار میں اس انداز سے چلنا خلاف تہذیب نہیں؟ ان حضرات کی مائیں بہنیں جوان کو اس حالت میں دیکھتی ہیں کیا شرم سے پانی پانی نہ ہو جاتی ہونگی؟ حیرت ہے کہ عورتوں کو اس طرح شرمندہ کرنے والوں کو خود شرم نہیں آتی!

اسی طرح کئی ایک ایسی روایات ہیں جن کا توڑا جانا

ضروری ہے۔مثلاً عورتوں کے مسی لگانے کا رواج! نہ معلوم وہ کونسا انسانی دل تھا۔جو کالے دانت دیکھ کر خوش ہوتا تھا۔سمجھ میں نہیں آتا یہ مسی لگانے کا رواج کیونکر پیدا ہوا؟ پھر عورتوں کے زیور پہننے کا رواج خصوصاً ناک کی کیل ـــــ سب عورتیں ناک کی کیل پہن کر ایک حد تک اپنی خوبصورتی میں بدنما داغ لگا بیٹھتی ہیں اور بعض عورتیں ناک کی کیل کے لالچ میں اپنی ناک کھو دیتی ہیں اور بعض جرائم پیشہ لوگ اسی کیل کو حاصل کرنے کی خاطر جلدی میں ناک بھی ساتھ ہی لے جانا مناسب سمجھتے ہیں۔

ان کے علاوہ بچپن کے بیاہ، برتھ کنٹرول، جوان بیوائیں ایسے بیسیوں موضوع ہیں جن کی اصلاح کا پرچار کر کے شہرت حاصل کی جا سکتی ہے۔میں واقعی بیوقوف تھا جو خودکشی پر آمادہ ہو گیا تھا۔زندگی واقعی زندہ رہنے کے قابل ہے۔آغا جان عیش کا یہ شعر تو تمہیں یاد ہو گا۔

اے شمع صبح ہوتی ہے روتی ہے کس لئے
تھوڑی سی رہ گئی ہے اسے بھی گزار دے

اس لئے اے محبوبہ من میں خودکشی جیسی نامعقول حرکت کبھی نہ کرونگا اور جب یہ خط نامہ بر تم کو دیگا تو میرا دل برابر حرکت کر رہا ہوگا!